CLARE CONNELLY

Un Noël à Singapour

Traduction française de
LÉONIE GADES

AZUR

HARLEQUIN

Collection : Azur

Titre original :
AN HEIR CLAIMED BY CHRISTMAS

HARPERCOLLINS FRANCE
83-85, boulevard Vincent-Auriol, 75646 PARIS CEDEX 13
Service Lectrices — Tél. : 01 45 82 47 47 - www.harlequin.fr
ISBN 978-2-2804-6146-7 — ISSN 0993-4448

Composé et édité par HarperCollins France.
Imprimé en octobre 2021 par CPI Black Print (Barcelone)
en utilisant 100% d'électricité renouvelable.
Dépôt légal : novembre 2021.

FSC www.fsc.org MIXTE Papier issu de sources responsables FSC® C159065

Pour limiter l'empreinte environnementale de ses livres, HarperCollins France s'engage à n'utiliser que du papier fabriqué à partir de bois provenant de forêts gérées durablement et de manière responsable.

Prologue

— Que me voulez-vous exactement ?

Tout le mépris de Dimitrios pour la presse à scandale transparaissait dans le ton cassant de sa question.

— Mon mail n'est pas assez clair ? répondit une voix goguenarde à l'autre bout du fil.

Résistant à l'impulsion de raccrocher au nez de son interlocuteur, Dimitrios jeta un œil au message laconique qui s'affichait sur son écran :

> Article à paraître dans l'édition du week-end.
> Appelez-moi pour en parler.

En pièce jointe, la photo d'un petit garçon. C'était tout.

Le message était cependant suffisamment étrange pour que Dimitrios ait décidé d'y répondre. Quelque chose dans le visage de l'enfant – ses yeux à l'expression familière – avait éveillé une vague inquiétude en lui.

Zach, son frère jumeau, était le don Juan de la famille. Une de ses nombreuses aventures sans lendemain avait-elle donné naissance à un enfant ?

La presse à sensation raffolait de ce genre de scandale. Le nom des Papandreo serait traîné dans la boue, et avec lui celui de l'empire médiatique hérité de leur père, qu'ils avaient développé à une échelle internationale.

Ashton, l'homme qui lui avait envoyé le mail, travaillait pour un journal concurrent basé à Sydney. Dimitrios ne pouvait donc pas faire jouer son influence pour étouffer le scandale.

— Alors ? reprit Ashton. Un commentaire ?

Dimitrios poussa un soupir excédé.

— Navré de vous décevoir, mais cette photo mystérieuse ne m'inspire rien.

Il allait néanmoins devoir en parler à son frère. Zach était-il au courant ? Certainement pas. Son jumeau ne lui aurait pas caché qu'il avait un fils. L'hypothèse la plus probable était que le journaliste prêchait le faux pour savoir le vrai.

— Et Annie Hargreaves ? Cela ne vous dit rien non plus ?

Dimitrios se figea. À la mention de ce nom qu'il pensait ne plus jamais entendre, sa vue se brouilla. Il fixa sans le voir le panorama spectaculaire que la baie vitrée de son bureau offrait sur Singapour, où les tours emblématiques du Marina Bay Sands baignaient dans la lumière dorée du soleil matinal.

— Pardon ? demanda-t-il, la mâchoire serrée à faire mal.

En réalité, il n'avait pas besoin qu'Ashton répète sa question. Annabelle Hargreaves était gravée au fer rouge dans sa mémoire. Son corps charmant. Ses baisers passionnés. Son innocence. La façon dont elle l'avait regardé, la nuit où ils avaient fait l'amour. Pour elle, au-delà du fait qu'il avait pris sa virginité, cette nuit avait de toute évidence une signification particulière.

Dimitrios s'était empressé de la ramener sur terre. Il lui avait fait comprendre que cette parenthèse – qui ne se reproduirait pas – n'avait été qu'une façon d'évacuer le trop-plein d'émotions qu'ils éprouvaient l'un comme l'autre après la mort du meilleur ami de Dimitrios, le frère d'Annabelle. Avec l'intention d'écarter tout malentendu, il avait employé des mots délibérément cinglants, mais c'était pour le bien de la jeune fille.

Il ne pouvait en effet pas la laisser croire qu'ils avaient un avenir ensemble. Il était conscient qu'elle nourrissait un béguin d'adolescente pour lui depuis des années. Il devait détruire ce fantasme puéril selon lequel lui, Dimitrios Papandreo, était l'homme de sa vie. Il n'était l'homme de la vie de personne.

Néanmoins, l'évocation de la jeune fille éveilla des émotions confuses en lui et il resta un instant sans voix.

— Mlle Annie Hargreaves, vingt-cinq ans, vivant à Bankstown, dans la banlieue de Sydney. Mère célibataire d'un petit garçon de six ans prénommé Max… Toujours aucun commentaire ?

Dimitrios luttait de toutes ses forces contre le vertige tandis que les paroles du journaliste rebondissaient dans son cerveau. Six ans. Max.

Lewis était mort sept ans auparavant, presque jour pour jour. Zach et lui n'oubliaient jamais ce triste anniversaire. Tous les trois, ils avaient été inséparables. Plus qu'un ami, Lewis était comme un frère pour eux. Sa mort brutale et prématurée les avait anéantis. Dimitrios avait souffert dans son existence, mais jamais un chagrin aussi puissant ne l'avait touché, au point de lui faire perdre la tête.

Ses yeux se fermèrent malgré lui à la pensée de la petite sœur de Lewis. *Annabelle…*

La voix du journaliste l'arracha au flot confus de ses souvenirs.

— Une rumeur prétend que vous avez passé une seule nuit ensemble, neuf mois environ avant la naissance du petit garçon.

Une « rumeur » ? Dimitrios n'y croyait pas une seconde. Si une rumeur avait circulé à propos d'un fils qu'il aurait eu, elle lui serait parvenue avant cet appel téléphonique. Le journaliste avait une source.

Annabelle ? Il rejeta immédiatement cette idée. Si elle avait voulu rendre la chose publique, elle serait venue le voir directement.

— Alors ? insista Ashton. Vous confirmez ? Avez-vous rencontré votre fils, Dimitrios ?

Son fils. L'idée qu'il avait un fils dont il ignorait l'existence le sidérait, en même temps qu'un sentiment familier de culpabilité le submergeait. « Veille sur elle, Dimitrios. Fais-le pour moi. Annie va être dévastée. S'il te plaît, va la voir. Assure-toi qu'elle va bien. » Mais il avait trahi la confiance de son meilleur ami ; il avait rompu une promesse faite à un mourant. Tout cela parce que, écrasé par le chagrin, il avait recherché le réconfort d'un contact physique. Il ne se pardonnerait jamais cette erreur.

Et Annabelle, dans tout cela ? À l'époque, elle aussi était accablée de tristesse. Et il avait profité d'elle sans vergogne. Il avait cherché l'oubli dans ses bras, sans se soucier des dégâts qu'il infligeait à son cœur déjà meurtri par la mort d'un frère adoré.

Conscient qu'il devait répondre d'une manière ou d'une autre, il lança la première explication qui lui passa par la tête.

— Annie Hargreaves est une amie de longue date de ma famille, fit-il.

— On dirait qu'elle est un peu plus que cela.

Le rire sarcastique d'Ashton lui donna envie de fracasser un objet contre le mur. Mais il réussit à recouvrer son sang-froid et, lorsqu'il reprit la parole, ce fut avec son calme habituel.

— Vous êtes conscient que vous allez bouleverser la vie d'un enfant dans le seul but d'augmenter vos tirages ?

— *Vous* prétendez que ça vous choque ?

Que répondre ? Grâce à leur travail acharné, Zach et lui avaient vu les tirages de leur groupe tripler au cours de la dernière décennie. Il n'allait pas reprocher aux autres d'aspirer à la même réussite. De plus, il avait depuis longtemps abandonné l'espoir d'une vie anonyme. Qu'il le veuille ou non, il était une personnalité publique et sa vie privée pouvait être étalée à la vue de tous.

La sidération avait cédé la place à l'impatience, à présent.

— Je vous rappelle, dit-il, avant de raccrocher.

— Je suis sûre que tu sais ce que je ressens pour toi, Dimitrios…

— Ce que tu ressens ? Par pitié, Annabelle ! Tu es encore une gamine ! Je n'ai pas pensé une seconde à toi ou à tes sentiments. Pour moi tu es la petite sœur de Lewis, c'est tout.

Elle avait blêmi, mais poursuivit courageusement :

— Je t'apprécie beaucoup. Je pense même que… Non, j'en suis *sûre*… Je t'aime.

Il avait eu l'impression qu'on lui braquait un revolver contre la tempe. Une vague de panique l'avait envahi. Il avait commis une erreur, et la situation empirait. Pour limiter les dégâts, il devait trancher dans le vif et bien faire comprendre à la jeune fille qu'il n'avait rien à lui offrir.

— J'étais ivre, Annabelle ! Je suis venu parce que Lewis me manque et que j'avais besoin de parler avec quelqu'un qui me comprendrait. Ça… – avait-il dit en désignant le lit défait – n'était pas censé arriver. Je n'ai jamais eu l'intention de coucher avec toi. Tu le sais, n'est-ce pas ? Ce qui s'est passé n'a rien à voir avec « l'amour ». C'était du sexe, purement et simplement. Et le pire, c'est que j'étais tellement ivre que je ne me souviens pratiquement de rien.

En la repoussant il se punissait lui-même, mais il se réjouit néanmoins de voir son visage se crisper de douleur. Elle allait le haïr. C'était ce qu'il méritait. Restait à lui porter le coup de grâce :

— J'ai une vie. Une petite amie. Et crois-moi, je regretterai jusqu'à mon dernier jour ce qui s'est passé entre nous.

Bon sang ! Aujourd'hui encore le souvenir des mots lapidaires qu'il avait jetés à la figure d'Annabelle emplissait

Dimitrios d'un profond dégoût envers lui-même, même s'il n'avait cherché qu'à protéger une très jeune femme de désillusions douloureuses. Elle avait manifestement eu le cœur brisé et il s'était senti comme le dernier des salauds. Ce sentiment de culpabilité et de regret mêlés ne l'avait jamais vraiment quitté.

Son regard revint à la photo sur l'écran de son ordinateur, et il la scruta d'un autre œil. Son fils. Et celui d'Annabelle. La sensation de choc se dissipa, libérant des sentiments contradictoires.

L'indignation. La déception. L'incrédulité.

Comment avait-elle pu lui cacher l'existence de son fils ?

Certes, il avait piétiné ses sentiments et fait preuve d'une implacable insensibilité, mais méritait-il une vengeance aussi cruelle ? Il avait du mal à croire qu'elle ait pu lui faire cela… Pourtant, la réalité était là, qui le fixait droit dans les yeux par écran interposé. Annabelle avait donné naissance à un enfant, et Dimitrios était prêt à parier toute sa fortune qu'il était le père.

Tandis qu'une colère sourde montait en lui, il appela son assistante.

— Faites préparer le jet. Immédiatement. Je pars à Sydney.

1.

— Mange mon chéri, moi j'ai déjà dîné.

Max n'avait que six ans, mais il était très précoce et Annie redoutait sa perspicacité. Il l'étudia attentivement, comme pour savoir si elle mentait ou pas. Visiblement convaincu par son sourire rassurant, il commença à manger. Il ne releva pas que, pour le troisième soir d'affilée, il allait manger du pain de viande. En pleine phase de croissance, il avait un appétit impressionnant. Annie espérait que ses finances tiendraient le coup jusqu'à ce qu'il ait fini de grandir.

— Tu vas travailler ce soir, maman ? demanda-t-il entre deux bouchées.

— Un peu, répondit-elle en jetant un regard vers l'ordinateur portable ouvert de l'autre côté de la table.

Après avoir éteint la lumière de la cuisine, elle était venue s'asseoir à côté de Max. Elle prit sa tasse de thé entre ses mains pour se réchauffer.

— Tu peux te mettre au travail maintenant, si tu veux. Comme ça, tu pourras te coucher plus tôt.

La prévenance de son fils l'émut profondément, même si elle aurait parfois préféré qu'il soit moins clairvoyant. Il avait raison ; ces derniers temps elle abusait de ses forces. Elle s'était portée volontaire pour faire des heures supplémentaires. Son poste n'était pas très bien rémunéré, mais il lui permettait de travailler à domicile. Quand Max était bébé, elle n'avait pas le choix, mais même maintenant, alors qu'il était rentré à l'école, elle avait continué à cause des vacances scolaires. Elle n'avait personne pour l'aider – pas de grands-parents vivant à proximité, ni tantes ou oncles – et la garderie était hors de prix.

— Je me couche un peu tard de temps en temps, c'est vrai. Mais ça me plaît. Comment tu trouves le pain de viande ?

Pourvu que cela n'attire pas l'attention de son fils sur la monotonie de leurs menus. Elle n'avait trouvé que ce sujet pour détourner la conversation. Elle afficha un sourire plein d'entrain, que Max lui retourna.

Il ressemblait tellement à son père.

Comme chaque fois qu'elle devait se rendre à cette évidence, une vive douleur la gagna, à laquelle s'ajoutait depuis quelque temps une pointe d'inquiétude. Max avait commencé à poser des questions plus précises sur son père, plus réfléchies que lorsqu'il avait commencé à remarquer que les enfants avaient généralement deux parents.

Elle s'était promis de ne jamais lui mentir, mais appréhendait à présent de s'aventurer sur ce terrain miné.

D'autant que le sujet la ramenait inévitablement à sa condition de mère célibataire. Elle craignait qu'un jour son fils ne lui reproche de l'avoir privé de son père. Ce n'était pourtant pas de gaieté de cœur qu'elle s'était résolue à élever son enfant seule – qui plus était dans des conditions difficiles.

Comme chaque fois qu'elle repensait à cet épisode de son passé, sa gorge se noua. Le soir où elle avait voulu annoncer sa grossesse à Dimitrios avait été une des pires expériences de sa vie. Elle avait dû faire appel à toutes ses réserves de courage pour retourner le voir trois mois après qu'il l'avait plaquée sans ménagement. Elle avait préparé son discours : il n'avait pas besoin de s'impliquer dans l'éducation de leur enfant s'il ne le souhaitait pas, mais il avait le droit de savoir.

Mais quand elle était arrivée devant le bar branché où elle savait qu'elle le trouverait, il était entouré de tous ses amis aussi « adultes » et sophistiqués que lui, et une superbe jeune femme rousse se lovait contre lui. Annie n'avait que dix-huit ans, ce spectacle l'avait humiliée et son cœur s'était définitivement brisé. Le précieux souvenir de la nuit qu'ils avaient partagée avait volé en éclats. Elle s'était enfuie.

La mort de Lewis avait laissé Annie en plein désarroi. Le lien, déjà ténu, avec ses parents s'était complètement rompu. Loin de les réunir, la tragédie les avait au contraire éloignés encore davantage, tant la mère d'Annie refusait d'admettre que d'autres qu'elle puissent aussi souffrir. Pour Annie, faire l'amour avec Dimitrios, dont elle était amoureuse depuis des années, avait été, au-delà de l'accomplissement d'un rêve d'adolescente, une expérience bouleversante et lumineuse. Elle avait éprouvé un sentiment de plénitude inouïe, qui avait subsisté longtemps après que le plaisir se fut dissipé.

Les paroles terribles de son amant, le lendemain matin, lui avaient arraché ce sentiment de bien-être. Elles l'avaient renvoyée à l'obscurité et au désespoir où elle se débattait depuis la maladie, puis la mort de son frère. La vie s'acharnait sur elle. Lewis était mort. Après avoir offert sa virginité à Dimitrios, elle avait pensé trouver le bonheur à ses côtés, mais il l'avait brutalement rejetée. Puis elle avait découvert qu'elle était enceinte. La colère de sa mère quand elle avait annoncé la nouvelle à ses parents avait scellé leur rupture. Sans doute s'était-elle à l'époque laissé dépasser par ses émotions, et aujourd'hui, à vingt-cinq ans, elle se demandait parfois si elle avait pris la bonne décision.

Pouvait-elle toujours justifier le fait d'avoir tenu Max à l'écart de Dimitrios ?

— Qu'est-ce qui ne va pas, maman ?

Absorbée par ses réflexions teintées d'amertume, elle avait cessé de sourire. Elle se ressaisit sur-le-champ.

— Rien, mon chéri. Finis de manger. Il est bientôt l'heure d'aller au lit.

Max se brossa les dents, puis elle lui lut une histoire

et ils bavardèrent encore un petit moment jusqu'à ce qu'il s'endorme. Au moment de refermer la porte de la chambre derrière elle, elle s'attarda pour jeter un dernier regard à son fils endormi. Une vague d'amour la submergea. Oui, elle était épuisée, soucieuse et stressée, mais elle avait Max et, grâce à lui, sa vie débordait d'amour.

Un sourire mélancolique aux lèvres, elle referma doucement la porte et regagna son ordinateur portable dans le salon. Le travail lui fit oublier qu'elle avait faim. Elle travaillerait une heure, puis boirait une tasse de thé avec un cookie aux céréales, la seule extravagance qu'elle s'accordait. En temps normal, elle ne se serrait pas autant la ceinture, mais Noël approchait et elle devait économiser pour le cadeau de Max. Contrairement à ses camarades outrageusement gâtés, il ne croulait pas sous les jouets neufs ou les tenues de sport dernier cri. Elle tenait d'autant plus à ce qu'il ait quelque chose pour Noël.

Enregistrer des propriétés à vendre sur des sites d'agences immobilières était une tâche qui ne demandait pas trop de réflexion. Elle vérifiait que les photographies correspondaient à la description du produit mis en vente puis s'assurait que chaque bien soit correctement répertorié avant de passer au suivant.

Cela faisait presque une heure qu'elle était absorbée dans sa besogne quand un coup retentissant frappé à sa porte la fit bondir de sa chaise. C'était probablement un livreur. Son appartement était au rez-de-chaussée d'une grande maison divisée en six petits appartements et il arrivait qu'elle soit dérangée pour des livraisons destinées aux autres locataires.

– Une seconde ! cria-t-elle.

Elle entrouvrit la porte d'entrée en laissant la chaîne enclenchée. Se penchant dans l'entrebâillement, elle faillit impulsivement refermer aussitôt la porte.

Oh non !

Que diable Dimitrios faisait-il ici ? Sous l'effet de la

surprise, une idée saugrenue lui traversa l'esprit. À force de penser à lui, l'avait-elle fait apparaître sur le pas de sa porte ?

Avec l'impression d'être prise au piège, elle jeta par-dessus son épaule un coup d'œil embarrassé à son appartement minuscule et délabré.

— Annabelle.

La voix virile incroyablement chaude la fit frémir. C'était l'une des rares personnes qui l'appelaient par son prénom entier. Elle frissonna au souvenir de la façon dont il l'avait prononcé cette nuit-là, avant de la caresser, puis de…

« Ce qui s'est passé ne signifie rien. » Le rappel des mots terribles qu'il avait prononcés, et de la souffrance qu'ils lui avaient causée, balaya la langueur qui, un instant, avait failli l'amollir. Elle se ressaisit et, se redressant, toisa le visiteur de son regard le plus glacial. En son for intérieur, toutefois, elle n'en menait pas large. Surtout quand elle prit conscience que Max, *leur fils*, dormait à quelques mètres de là. Heureusement, il n'y avait rien à craindre de ce côté, il avait le sommeil profond.

— Nous avons un problème, déclara Dimitrios.

« Nous » ? Qu'est-ce qu'il racontait ? Cela faisait une éternité que, pour elle, « nous » représentait seulement Max et elle. Craignant que sa voix ne trahisse sa panique, elle lui répondit par un haussement de sourcils interrogateur.

— Je peux entrer ? demanda-t-il.

— Euh… Non. Je… Je préfère que nous parlions dehors.

Elle prit la clé sur un crochet fixé à la porte et défit la chaîne avant de sortir. Au fond d'elle, elle savait qu'elle ne redoutait pas seulement qu'il découvre Max. En fait, elle avait honte de son appartement. Il était tout sauf luxueux. On pouvait même dire qu'il était tout sauf *confortable*. Elle avait fait de son mieux, mais il y avait toujours eu des choses plus urgentes à acheter ou à payer.

Comment avait-elle pu croire qu'elle était prête à revoir Dimitrios ? Quand elle se retrouva face à lui, elle frissonna.

La fraîcheur de la nuit, sans doute – après tout, elle ne portait qu'un T-shirt léger et un pantalon de yoga.

— Que veux-tu, Dimitrios ? demanda-t-elle en croisant les bras pour se réchauffer.

Quand elle prononça son nom, la lueur indéchiffrable qui s'alluma dans ses yeux la troubla.

Elle avait presque oublié à quel point il était beau. Son visage aux traits réguliers semblait sculpté dans le granit. Tout en lui était sublime. Ses pommettes saillantes, son nez aristocratique, sa mâchoire déterminée et cette fossette au creux de son menton qu'elle avait taquinée du bout de la langue.

À ce souvenir, un frisson sensuel la parcourut. Les yeux de Dimitrios étaient gris ou bleus selon la lumière, et son regard trahissait une remarquable acuité intellectuelle. Elle l'avait toujours connu avec une barbe de trois jours. Ce n'était pas pour se plier à une mode quelconque, mais plutôt parce qu'il était trop occupé pour songer à se raser tous les jours.

Une boule de feu explosa dans son ventre tandis que d'autres détails de sa virilité triomphante lui revenaient en mémoire. La musculature harmonieuse de son torse, son teint mat, ses bras puissants qui l'avaient enlacée pour la serrer contre lui alors qu'elle s'endormait. Oui, elle s'était endormie, bercée par les promesses qu'elle avait cru déceler dans leurs étreintes passionnées. Elle avait vu dans ce qu'ils venaient de vivre le prélude d'une relation merveilleuse qui durerait toute la vie. Au milieu de la tristesse et du désespoir de la mort de son frère, elle avait eu la sensation d'avoir enfin trouvé un havre, que tout s'arrangerait.

— Pourquoi ne m'as-tu rien dit ? demanda-t-il sans répondre à la question qu'elle lui avait posée.

Le danger qu'elle sentait planer se précisait. Il n'allait pas à la pêche aux renseignements avec cette question. Il savait quelque chose.

Une poussée d'adrénaline chassa son anxiété.

— Te dire quoi ? répondit-elle d'une voix un peu plus aiguë qu'elle ne l'aurait voulu.

— Il est trop tard pour ça maintenant, Annabelle. Un journaliste est au courant que nous avons eu un fils ensemble.

Elle s'y attendait, mais elle dut s'appuyer contre la porte pour encaisser le coup. Voilà, c'était fait. Dimitrios était au courant pour Max…

Tous les arguments si sensés qu'elle se répétait depuis des années pour justifier son silence s'effondrèrent instantanément. La rage accusatrice et amère qu'elle lut dans son regard lui fit détourner la tête. La honte lui brûlait les joues et elle fut soudain incapable de respirer.

Elle l'entendit jurer, puis plus rien. Combien de temps dura ce « rien » ? Elle eut soudain conscience que Dimitrios la saisissait par la taille. Elle était sonnée, incapable de protester ; il prit les clés dans sa poche. Quand il ouvrit la porte et entra chez elle, elle ne songeait plus à rougir, du moins pas de son intérieur misérable.

Il la transporta jusqu'au canapé, où il l'allongea. Puis elle l'entendit s'éloigner. Il y eut un bruit d'eau qui coulait. Il revint et lui tendit un verre.

— Bois, dit-il.

Elle devait offrir un spectacle pitoyable ! Dans un sursaut de fierté, elle s'assit et s'empara du verre d'une main tremblante. Après en avoir bu la moitié, elle serra le verre contre elle, luttant contre l'envie de pleurer.

— Alors c'est vrai ?

Il connaissait la réponse, elle le voyait à l'intensité de son regard. De toute façon, elle n'avait pas l'intention de lui mentir, pas plus qu'à Max. Mon Dieu ! Max ! Comment allait-elle expliquer la situation à son fils ? Elle repoussa nerveusement une mèche de cheveux blonds qui retombait sur ses yeux.

Paradoxalement, elle ressentait un véritable soulagement.

Enfin, Dimitrios savait. C'était fini. Plus de secrets ni de mensonges, du moins en ce qui concernait Max.

— Oui, dit-elle simplement.

Elle vit sa mâchoire se crisper et ne put soutenir un instant de plus son regard glacial.

— Il a six ans, il s'appelle Max. Je peux te montrer des photos si tu veux.

— Des photos ? fit-il d'une voix sourde. Tu te fiches de moi ? Donne-moi une bonne raison pour que je ne l'emmène pas immédiatement !

La menace porta et son cœur manqua plusieurs battements. Quelques secondes, elle crut qu'elle allait de nouveau perdre connaissance, mais elle réussit à se lever. Malgré ses jambes flageolantes, elle préférait être debout pour affronter l'homme qui menaçait de lui enlever son fils.

— J'ai déjà une photo, reprit-il. Le journaliste en avait une.

— Quel journaliste ? demanda-t-elle. C'est impossible. Personne n'est au courant.

— En es-tu sûre ?

Elle déglutit avec difficulté, intimidée malgré elle par son ton tranchant.

— Oui, j'en suis sûre. Il ne porte pas ton nom. Personne n'a jamais su pour…

Sur le point de dire « nous », elle n'acheva pas sa phrase. « Nous » n'avait jamais existé en ce qui les concernait. « Nous » impliquait des liens, de l'amitié, voire une véritable relation. Or ce qui s'était passé entre eux n'était qu'une nuit sans lendemain qui n'aurait jamais dû avoir lieu.

— Tu n'en as jamais parlé à personne ?

Son ton dubitatif fit ressortir la féministe qui sommeillait en elle.

— Ton amour-propre en prend un coup, Dimitrios ? Tu pensais que j'allais me vanter partout d'avoir couché avec toi ?

De nouveau elle vit sa mâchoire volontaire se crisper, il avait du mal à maîtriser sa colère. Au même instant, elle prit conscience qu'elle *voulait* provoquer sa colère. Enfin une réaction adéquate à ce qu'ils avaient traversé ! Mais ce fut d'une voix posée qu'il reprit :

— Je pensais que tu étais une personne intègre, comme Lewis. Mais si cela avait été le cas, tu ne m'aurais jamais caché l'existence de mon fils.

Elle frémit qu'il ose mêler le nom de son frère à ses accusations contre elle, mais, au prix d'un effort considérable, elle afficha le même calme que lui.

— Tu as un sacré culot, de me reprocher mon manque d'intégrité. Une personne intègre aurait-elle dit les choses que tu m'as dites ce matin-là ? Une personne intègre ne serait pas venue, complètement ivre, frapper à ma porte après les funérailles de mon frère, et n'aurait pas passé la nuit à faire l'amour avec moi avant de m'envoyer à la figure, le lendemain matin, que… que… je ne représentais rien pour elle.

— C'est donc de représailles qu'il s'agit ? Tu voulais me faire souffrir ?

— Non. Jamais, répondit-elle sans la moindre hésitation. Ça n'a rien à voir avec une quelconque vengeance.

Un long silence chargé d'émotion suivit, uniquement troublé par le son saccadé de leurs respirations.

— Tu m'as dit que tu m'oublierais, que ce n'était qu'une affaire de jours. Tu t'en souviens ?

Comme il restait muet, elle poursuivit :

— Tu m'as aussi dit que tu étais tellement ivre que j'aurais pu être n'importe quelle femme. Que tu avais débarqué chez moi pratiquement par hasard.

— Tu n'as pas besoin de répéter ce que j'ai dit. Je m'en souviens.

Curieusement, cet aveu provoqua une certaine satisfaction en elle.

— Tu m'as aussi dit que tu avais une petite amie, poursuivit-elle néanmoins.

Dieu qu'elle l'avait haï, ce matin-là ! C'était comme s'il avait pris cette nuit incroyable – sa première expérience sexuelle, avec un homme dont elle était secrètement amoureuse depuis des années, le plaisir et le sentiment de plénitude qu'elle avait ressentis – pour la transformer en une chose sordide. Elle n'aurait jamais couché avec lui si elle avait su qu'il était avec quelqu'un d'autre.

— Je sais, répondit-il. Tout ce que je t'ai dit ce jour-là fait de moi un salaud de première classe. Mais bon sang, ce n'est pas une excuse pour me cacher l'existence de notre fils pendant six années !

Elle s'éloigna de quelques pas et se posta devant la fenêtre donnant sur la rue. Elle avait eu l'intention de le lui dire. Elle ne voulait pas garder ce secret, à l'origine. Mais quand elle l'avait vu, au milieu de ses amis, elle avait eu peur. Ils venaient de deux mondes tellement différents. Elle avait compris que jamais elle ne se fondrait dans l'univers luxueux et sophistiqué où évoluait Dimitrios. Et s'il réclamait la garde et élevait son enfant avec une autre femme ? Elle avait déjà tout perdu – ses parents, Lewis –, à l'époque le bébé qu'elle attendait était tout ce qui lui restait.

Forte de cette conviction, elle s'était enfuie et, toutes ces années, elle s'était dit que le jour où il apprendrait la vérité, il lui serait reconnaissant de ne pas lui avoir imposé le fardeau d'une famille non désirée.

— Et mon fils ? Sait-il qui je suis ?

Mon fils. Elle ne parvenait pas à s'insurger contre son ton possessif. Au fond, c'était tellement… naturel.

— Non, il ne le sait pas.

Derrière le juron qu'il étouffa, elle entendit distinctement sa souffrance et son cœur se serra.

— Tu ne lui as jamais parlé de moi ?

— Non. Mais il commence à me poser des questions à ton sujet. Ça fait un moment que je sais que je vais devoir…

— Et tu m'aurais prévenu, moi, à ce moment-là ? l'interrompit-il.

Elle pivota et lui fit face.

— Je n'en sais rien, dit-elle. J'aime penser que oui.

Les yeux de Dimitrios plongèrent dans les siens comme s'il cherchait à sonder la vérité de son cœur. Sous son regard intense, elle sentit son pouls s'accélérer.

Elle attendit qu'il dise quelque chose, mais il se contentait de la dévisager et peu à peu son trouble changea de nature. Elle dut reculer d'un pas pour rompre la tension purement sexuelle qui crépitait entre eux. Elle n'en revenait pas. Comment pouvait-il avoir cet effet sur elle en un moment pareil ?

— Je…

Elle ignorait ce qu'elle s'apprêtait à dire quand Dimitrios lui intima de se taire d'un geste de la main. Puis il se dirigea résolument vers la porte d'entrée.

— Tu t'en vas ? demanda-t-elle, abasourdie.

Parvenu sur le seuil, il se tourna vers elle.

— Il vaut mieux que nous ne discutions pas de cela maintenant, dit-il. Crois-moi, je suis sur le point de dire des choses que je risque de regretter. Mais je reviendrai demain.

Elle le dévisagea, interloquée par ce brusque revirement.

— Max sera à l'école.

— Parfait. Je préfère qu'il ne soit pas là quand nous discuterons de nos projets.

— Quels projets ?

Elle pensait déjà avoir la réponse à sa question. Il allait demander la garde. Il allait prendre Max avec lui, au moins une partie du temps. À la pensée d'être séparée de son fils, elle paniqua. Mais Dimitrios la prit complètement au dépourvu.

— Pour notre mariage, Annabelle. Quelle autre solution vois-tu ?

2.

Annie avait fait son possible pour rendre son appartement présentable en prévision de la visite de Dimitrios. Cependant, contrairement à ce qu'elle avait espéré, le grand ménage ne lui avait pas fait oublier les mots qu'il avait lancés en partant.

« Notre mariage, Annabelle. » Comme s'il parlait d'un fait accompli.

Elle reconnaissait bien là Dimitrios. Il était né pour commander. Naturellement, il n'avait pas un instant envisagé qu'elle ne voulait peut-être pas se marier avec lui.

Comment pouvait-il croire qu'elle accepterait ce plan ? Ils ne s'étaient pas vus depuis sept ans, et leur dernière rencontre avait été un désastre émotionnel dont elle ne s'était toujours pas vraiment remise. Et maintenant, elle devait l'épouser ? C'était délirant.

Pour calmer sa nervosité, elle prépara du thé. Le ciel était gris. Les nuages bas et épais formaient un couvercle au-dessus de Sydney et l'humidité était étouffante.

Annie aperçut son reflet dans la vitre de la cuisine et grimaça.

Comment un homme tel que Dimitrios Papandreo pouvait-il s'intéresser à elle ? Certes, elle s'était habillée avec un soin particulier, ce matin. Elle portait son meilleur jean et une chemise blanche en lin qu'elle avait achetée dans un vide-greniers. Après mûre réflexion et divers essais, elle avait laissé sa chevelure blonde retomber librement sur ses épaules, en un halo doré autour de son visage.

Dans l'espoir de paraître sûre d'elle, flamboyante, elle avait mis un peu de rouge à lèvres, mais elle était loin de ressembler aux créatures sublimes avec lesquelles Dimitrios sortait habituellement. D'autant que, malgré ses efforts, une expression soucieuse figeait légèrement son visage.

Ce n'était pas très étonnant car, quoi qu'il arrive – que le mariage ait lieu ou non – sa vie était sur le point de basculer.

Elle buvait la première gorgée de thé quand la sonnette de la porte d'entrée retentit. Le cœur battant d'appréhension, elle alla ouvrir à Dimitrios et l'invita à entrer.

De retour dans la salle de séjour, elle constata que Dimitrios avait déjà littéralement pris possession de l'espace ; sa seule présence charismatique bouleversait son quotidien étriqué, calme et banal.

Elle essayait de cacher à quel point son appartement lui faisait honte, mais c'était difficile alors que le costume gris ardoise de son visiteur, visiblement taillé sur mesure, semblait avoir coûté plus qu'un an de son loyer.

— Je viens de faire du thé. En veux-tu ?

— Non, merci. Passons aux choses sérieuses. Je n'en ai pas pour longtemps.

Tendue, elle esquissa pourtant un sourire. Il n'avait pas changé ! Toujours aussi autoritaire. Et quelle entrée en matière romantique pour une demande en mariage ! Elle retint néanmoins sa remarque sarcastique. Elle n'attendait – ni ne voulait – aucun romantisme de la part de Dimitrios. Elle était curieuse d'entendre ses plans, même si elle n'avait pas l'intention d'accepter sa proposition absurde.

Quand ils furent assis de part et d'autre de la table, elle le regarda enfin, pour découvrir qu'il la dévisageait, les sourcils froncés. Il regrettait sans doute ses paroles de la veille et cherchait comment revenir avec tact sur sa demande en mariage. Résolue à encaisser dignement un nouveau rejet de sa part, elle se tenait très droite.

— Alors, Dimitrios, dit-elle en prenant sa tasse en coupe entre ses mains. De quoi veux-tu discuter ?

La question arracha Dimitrios à ses réflexions et, contrairement à l'intuition d'Annie, il sortit des documents pliés de la poche de sa veste.

— J'ai fait rédiger un contrat prénuptial, dit-il en les lui tendant par-dessus la table étroite. Rien de très compliqué. Je suppose que tu n'as pas énormément de biens, mais quels qu'ils soient, ils resteront ta propriété propre.

Tout en parlant, il avait jeté un bref regard circulaire sur le petit salon-salle à manger-cuisine.

Elle qui était persuadée qu'il allait lui annoncer avoir changé d'avis ! Elle resta un moment désarçonnée.

— Bien entendu, les termes du contrat sont généreux pour toi, poursuivit-il. Quant à notre fils, tu t'en doutes, il héritera un jour de ma fortune. Il touchera aussi l'argent d'un fonds d'investissement spécialement créé pour lui quand il aura dix-huit ans, puis une autre partie quand il en aura vingt et un, et enfin, quand il aura vingt-cinq ans. C'est ainsi que ça s'est passé pour Zach et moi, et pour notre père avant nous. Ça fonctionne bien. C'est mieux que de recevoir une somme énorme à dix-huit ans, à l'âge où on pense plus à faire la fête qu'à faire fructifier son argent.

L'avalanche d'informations donna le tournis à Annie, qui but une gorgée de thé dans l'espoir de faire disparaître la boule qui lui nouait la gorge.

— Quant à l'endroit où nous allons vivre…, reprit-il. J'ai déménagé notre siège à Singapour il y a quatre ans. Ma maison est assez grande pour toi, notre fils et tous les autres enfants que nous pourrions avoir…

Elle manqua s'étouffer avec son thé et reposa sa tasse sur la table avec un bruit sec.

— Je ne vais pas t'épouser, Dimitrios, protesta-t-elle. Alors arrête de faire des plans sur la comète.

Il ne se départit pas de son calme. Comme s'il s'était préparé à une opposition de sa part.

— Le montant de ta pension est négociable, bien sûr.

— Si l'argent m'intéressait, tu ne crois pas que j'aurais pris contact avec toi il y a longtemps ? Ces sept années ont été difficiles pour moi… J'ai lutté et j'ai fait des sacrifices…, pour notre fils. Au fait, il s'appelle Max. Et laisse-moi te dire que je suis choquée : depuis dix minutes que tu es là, tu ne m'as même pas demandé quoi que ce soit sur lui.

Il vibra de colère contenue.

— Non, Annabelle, je n'ai pas envie de t'entendre me parler de mon fils, répondit-il en la foudroyant du regard. Je veux apprendre à le connaître par moi-même, pas à travers tes yeux. C'est mon enfant ; j'aurais dû faire partie de sa vie depuis bien longtemps. Et quand je vois la façon dont tu vis et dans quel cadre tu élèves mon fils… Je pense qu'il mérite mieux.

Pour blessante que soit sa remarque, elle ne pouvait pas le contredire.

— J'ai fait de mon mieux, Dimitrios. Alors ne viens pas m'insulter sous mon toit. Tu n'imagines pas ce que j'ai traversé…

— Tu ne peux t'en prendre qu'à toi-même.

Elle encaissa ce coup supplémentaire. Il avait de nouveau raison, mais elle n'allait pas pour autant céder à toutes ses exigences.

— Je ne peux pas réécrire le passé, reprit-elle. Tu veux faire partie de la vie de Max et je le comprends, mais en aucun cas nous ne pouvons tout abandonner ici pour nous installer à Singapour. Et il est hors de question que je t'épouse. Nous ne sommes plus au XIXe siècle, aucune autorité morale ne te reprochera d'avoir un enfant hors mariage.

— Mais il y a *ma* morale. Et l'avenir de mon fils. Je suis

prêt à discuter des détails de notre situation, mais pas de la résolution finale. Nous allons nous marier, Annabelle, alors arrête de t'opposer à moi et fais-toi à cette idée.

Il se pencha en avant et s'accouda sur la table.

— Prépare-toi et sois heureuse. Tous tes soucis disparaîtront dès l'instant où tu seras ma femme.

Un sursaut de révolte la fit frémir. Si elle devenait sa femme, au contraire, ses ennuis commenceraient, elle en était persuadée. Mais comment le lui faire comprendre sans dévoiler les sentiments confus qu'il lui inspirait ?

— Pourquoi tiens-tu tellement à cette idée de mariage ? Si j'en crois la presse people, tu collectionnes les petites amies très glamour et très célèbres, mais tu n'en as jamais épousé aucune. J'en déduis que le mariage t'intéresse aussi peu que moi.

— C'est vrai, le mariage n'a jamais fait partie de mes projets.

— Alors pourquoi maintenant ?

— Max a changé la donne.

Max a changé la donne. C'était vrai pour elle aussi. Elle avait tiré un trait sur ses projets d'avenir, renoncé à l'université et à une carrière qui s'annonçait brillante. Elle avait peu à peu perdu contact avec les amis de son âge ; c'était difficile de suivre le rythme avec un bébé à la maison.

— Nous pouvons faire tous les deux partie de sa vie sans avoir à vivre ensemble, dit-elle posément.

— Ce n'est pas suffisant.

— Il faudra pourtant t'en contenter.

Il garda si longtemps le silence qu'elle crut qu'il se rendait finalement à ses raisons, mais il la détrompa.

— J'ai organisé un mariage à la mairie. Restons discrets, cela vaut mieux. Nous nous occuperons des retombées médiatiques plus tard.

Parlait-elle dans le vide ?

— Quelles retombées ? Quels médias ? Je ne vais pas me marier avec toi !

— Si tu préfères un mariage en grande pompe, nous pourrons arranger ça ultérieurement. Je te laisse t'en occuper. Quant à ta vie à Singapour… Tu travailles en ce moment ?

Cette conversation était complètement absurde, mais le plus aberrant fut qu'elle s'entendit répondre machinalement :

— Euh, oui, j'ai un travail.

— Que fais-tu ?

— J'enregistre pour plusieurs agences des propriétés sur des sites d'annonces immobilières. Ça me permet de travailler de la maison. C'était pratique quand Max était petit. Maintenant il va à l'école, mais il y a les vacances, et les jours où il est malade…, alors je continue.

Dimitrios l'observait d'un regard indéchiffrable.

— Que sont devenus tes projets d'études à l'université ?

Une vague de nostalgie la submergea. Ce n'était pas de la tristesse car elle était heureuse d'avoir Max, même si l'arrivée du bébé avait sonné le glas de ses rêves professionnels. Non, c'était de la nostalgie pour la jeune femme qu'elle avait été.

— Max est arrivé. Je ne pouvais pas avoir un bébé et faire des études de droit.

— Si je me souviens bien, tu avais été admise dans une fac prestigieuse…

Elle réprima le plaisir que lui fit cette remarque, ainsi il s'en souvenait. Cela ne signifiait rien. Dimitrios avait une mémoire phénoménale, même pour les détails insignifiants.

— J'ai renoncé.

— Et tes parents ?

— Ils sont partis vivre à Perth.

— Quand ? demanda-t-il, visiblement surpris.

— Après la mort de Lewis.

Après toutes ces années, elle avait toujours du mal à prononcer cette phrase. Cela la ramenait au moment où elle avait appris que la stabilité et la permanence n'existaient pas en ce bas monde. Elle avait perdu son frère, puis ses parents – même si ceux-ci vivaient toujours – en l'espace de quelques mois.

— Pour maman, c'était devenu trop difficile de vivre ici. Tout lui rappelait Lewis. Elle avait besoin d'un nouveau départ.

— Tu avais à peine dix-huit ans et tu étais enceinte, pourquoi n'es-tu pas partie avec eux ?

— Nous ne nous sommes jamais très bien entendus. Ils n'étaient pas de mauvais parents quand nous étions enfants, mais c'était toujours tendu à la maison. Ils se disputaient sans arrêt. Je pense que maman rêvait pour moi d'une vie différente de la sienne. Quand elle a su que j'étais enceinte et que j'abandonnais mes études pour élever mon enfant, elle était furieuse. Selon elle, mon avenir était « terminé ». Elle voulait que je fasse adopter Max.

Annie s'arrêta là. Pourquoi se confiait-elle ainsi à lui ? Le visage de Dimitrios s'était assombri quand elle avait parlé d'adoption.

— Elle n'a pas proposé de t'aider ?

— Je ne pense pas qu'elle se soit posé la question une seconde. Ils ont déménagé à Perth et moi je suis restée ici, et j'ai eu Max. Maintenant ils l'adorent. C'est l'unique raison pour laquelle je les tolère.

Elle esquissa un sourire doux-amer.

— Je ne pouvais pas vraiment lui reprocher de partir. Moi aussi, tout me rappelait Lewis ici. Mais contrairement à ma mère, je ne voulais pas fuir ces souvenirs. Il m'arrive parfois de passer devant son ancien appartement. Je me souviens comme il était heureux quand il a emménagé. Il aimait tellement la vie. Je ne me suis pas sentie capable de laisser tout ça derrière moi. Sydney me rattache à lui. Ça doit te paraître ridicule.

— Pas du tout, je comprends tout à fait, dit-il d'une voix voilée par l'émotion.

Soudain, un souvenir troublant s'immisça entre eux. Celui du chagrin partagé qui les avait poussés dans les bras l'un de l'autre ce soir-là. Incapable de soutenir le regard qu'il posait sur elle alors que ce souvenir flottait entre eux, elle détourna la tête.

— J'ai un appartement ici, dit-il d'une voix où perçait une certaine empathie. Tu pourras revenir à Sydney aussi souvent que tu voudras. Je comprends ce que cette ville représente pour toi. Pour moi aussi, elle est liée à Lewis.

Il avait parlé avec une douceur qui lui donnait envie de pleurer. De nouveau leurs regards s'accrochèrent et cette impression de lien puissant et indissoluble fut là, comme ce fameux soir.

— Max pourra rendre visite à ses amis, dit-il, mais la plupart du temps, nous vivrons à Singapour. Il y a une école internationale très réputée où nous pourrons l'inscrire…

Elle résistait de toutes ses forces aux images de vie de famille idyllique que ces paroles lui évoquaient.

— Qu'est-ce que tu ne comprends pas quand je dis « non » ? Je ne peux pas t'épouser !

— Pourquoi ?

La question toute simple la prit de court, comme sa propre incapacité à y répondre. Aucun argument percutant qui clouerait le bec à Dimitrios ne lui vint à l'esprit.

— Quoi ? Tu as un amant ? Un petit ami ?

Elle piqua un fard. Elle ne risquait pas d'avouer à Dimitrios l'embarrassante vérité : elle n'avait couché avec aucun autre homme depuis la nuit qu'ils avaient passée ensemble, sept ans auparavant !

— On ne se marie pas sur un coup de tête, déclara-t-elle.

— Même quand il y a un enfant ? demanda-t-il d'un ton taquin.

— Surtout quand il y a un enfant ! Pas plus que moi, tu n'as envie d'imposer cette sorte de mariage à Max !

— Quelle sorte de mariage exactement ?

Elle pinça les lèvres tandis que les souvenirs d'enfance se bousculaient en elle. Les éternelles disputes de ses parents, à propos de l'argent qui manquait, de tout ; et quand ils ne se querellaient pas, ils criaient sur leurs enfants.

— Un mariage où les parents se disputent sans cesse à tout propos. Ce n'est pas ce que je veux pour Max.

— Je n'ai pas l'intention de me disputer avec toi une fois que nous serons mariés.

— Qu'as-tu l'intention de faire quand nous serons mariés ?

La question sembla le déstabiliser et elle profita de son avantage.

— Tu as du mal à imaginer à quoi ça ressemblera, n'est-ce pas, Dimitrios ? Toi et moi, mari et femme, jusqu'à la fin de nos jours… À moins que tu n'envisages ce mariage pour une durée déterminée, jusqu'à ce que Max soit un peu plus âgé ? Qu'il ait douze… ou quinze ans, ou dix-huit ? À quel moment mettrons-nous un terme à cette mascarade pour reprendre le cours de nos vies ?

Les yeux de Dimitrios luisaient à présent d'une intensité inquiétante, mais c'était le remords plus que la colère qu'elle y lut.

— J'avais promis à Lewis que je veillerais sur toi, avant qu'il meure, dit-il. Il s'inquiétait et il m'a demandé de garder un œil sur toi.

La gorge nouée par l'émotion, elle le dévisagea. C'était Lewis tout craché ! Seigneur, comme son grand frère lui manquait !

— J'ignorais, dit-elle.

Il eut une sorte de rictus.

— Oui. Et on ne peut pas dire que j'ai tenu ma promesse.

Alors elle comprit : il ne se sentait pas coupable parce qu'il s'était montré impitoyable avec elle. Non, il estimait avoir trahi sa promesse à Lewis. Ce constat ne la consolait pas, mais donnait du sens à ce qui s'était passé et confirmait à quel point leur passion avait été à sens unique.

— Jusque très récemment, je ne réalisais pas à quel point j'avais failli à ma promesse, mais j'ai l'intention de me racheter, Annabelle. J'ai l'intention de veiller sur toi, à partir de maintenant.

Un sursaut de fierté la fit se redresser.

— Et si je ne veux pas qu'on veille sur moi ? Je me débrouille très bien toute seule.

Il se pencha davantage et elle eut honte de la réponse instinctive de son corps à sa présence si proche.

— Pour en revenir à ta question, je ne sais pas à quoi ressemblera notre mariage, reprit-il. Mais mon instinct me dit que le mariage est la chose sensée à faire et, à vrai dire, la décision ne relève plus de toi.

— Qu'est-ce que tu racontes ?

— Tu sais que ma famille est riche, n'est-ce pas ?

Elle leva les yeux au ciel.

— Tu es un Papandreo. Ta famille est beaucoup plus que « riche ». Où veux-tu en venir ?

— L'argent implique beaucoup de choses.

— Comme ne pas avoir besoin de travailler pour vivre ?

Elle regretta aussitôt son sarcasme. Zach et Dimitrios travaillaient beaucoup plus que la plupart des gens, elle le savait.

— Je suis désolée, je ne pensais pas ce que je disais. Et pour information, c'est exactement le genre de pique que je ne veux pas que Max entende.

Le sourire qui étira les lèvres de Dimitrios la fit fondre.

— Dans ce cas, ne me lance pas de piques, dit-il.

— C'est plus facile à dire qu'à faire, marmonna-t-elle.

Elle but une gorgée de thé pour se donner une contenance, mais ce n'était pas évident quand il était si proche.

La chaleur émanant de son grand corps viril et les effluves discrets de son eau de toilette la grisaient.

— Dès que Zach et moi sommes allés vivre chez notre père, les intrusions dans notre vie privée ont commencé. Les paparazzis, les histoires à dormir debout, les spéculations et les reportages révélant « toute la vérité ». Nous sommes désormais habitués à ces absurdités, mais pas toi. Ni Max. Il est trop tard pour garder cette histoire secrète. L'article va sortir d'un jour à l'autre et ta vie va être bouleversée à un degré que tu n'imagines pas. Je ne peux pas vous protéger si vous ne vivez pas avec moi, chez moi. Tu comprends ?

— Je... Je suis tout à fait capable de gérer les journalistes, fit-elle d'un ton peu convaincant. Je veux dire : j'apprendrai.

— Peut-être. Mais en attendant, tu exposeras Max à des désagréments qui lui seraient épargnés si tu étais raisonnable.

— Raisonnable ? Comme si t'épouser était raisonnable ! C'est complètement délirant. Je t'ai perdu de vue depuis sept ans, et la dernière fois que nous avons été ensemble... On ne peut pas dire que ça a été un succès.

— Tout ceci n'a rien à voir avec nous, répondit-il fermement. Max est ma priorité numéro un.

— Tu ne l'as même pas rencontré.

L'expression de Dimitrios se fit menaçante.

— Si j'étais toi, c'est un argument que je ne mettrais pas en avant, dit-il d'un ton glacial.

Prise en faute, elle fit machine arrière.

— Je n'apprécie pas que tu débarques et que tu agisses comme si tu étais le seul à te soucier de lui.

— Sans vouloir t'offenser, Annabelle, quand je regarde cet appartement, je vois que, malgré tes efforts pour le rendre agréable, tu vis dans des conditions d'extrême pauvreté. Je sais que tu as du mal à joindre les deux bouts, que ton compte est dans le rouge et que tu es en retard pour ton loyer, pourtant ridiculement bas. Tu n'as pas de couverture santé, pas de voiture, et tu as l'air de ne pas avoir fait de repas correct depuis une semaine…

— Dimitrios… Tu m'as fait espionner ? demanda-t-elle, abasourdie.

— Tu m'as caché l'existence de mon enfant. J'estime que j'ai le droit de savoir dans quelles conditions il vit.

— Tu aurais tout simplement pu me le demander.

Ils s'affrontèrent du regard. Il n'avait pas besoin de répondre, elle devinait ses pensées : « Et si tu m'avais menti ? » Pour une raison inexplicable, ce manque de confiance la peina. Elle cligna des yeux pour se retenir de pleurer, mais une larme réussit à s'échapper, qu'elle essuya d'un geste rageur.

— Ce n'est pas la fin du monde, dit Dimitrios d'une voix douce.

Furieuse de se donner ainsi en spectacle, elle se réfugia dans la cuisine. Elle n'avait pas soif mais elle remplit deux verres d'eau pour se donner le temps de se ressaisir.

— Tu es tellement calme, dit-elle en revenant dans le salon et en les posant sur la table. Tu dois pourtant ressentir quelque chose…

Il lui lança un regard intense et bouleversant.

— Oui, je ressens des choses, dit-il d'un ton bourru. J'ai manqué six ans de la vie de notre fils, à cause de la décision que tu as prise.

Cette fois, ce fut lui qui se leva. À présent son regard reflétait plus de souffrance que de colère.

— Je ressens tout ce qu'un père peut ressentir dans une telle situation, dit-il. Mais à quoi bon te le faire payer ? Je ne vais pas me lancer dans un procès qui t'achèverait financièrement et que je gagnerais de toute façon. Pas plus que je ne vais me répandre dans la presse pour te donner le mauvais rôle. Toutes ces mesures de rétorsion m'ont traversé l'esprit, je le reconnais. C'est pour éviter de te les lancer à la tête que je suis parti hier soir. Pourtant tu le méritais, tu ne crois pas ?

Un frisson d'angoisse la parcourut à la pensée de ce dont il la menaçait.

— Puis j'ai pensé à Max. Je suis sûr qu'il t'adore. J'ai pensé à l'opinion qu'il aura de moi quand il sera un homme et qu'il me jugera pour les décisions que je prendrai aujourd'hui. En se fondant sur la façon dont je t'aurai traitée, toi, sa mère, il me considérera comme un héros ou un salaud. Je suis donc venu aujourd'hui pour faire la paix, même si je pense que tu ne le mérites pas, et je veux que tu acceptes ma proposition. Parce que je suis prêt à tout pour que Max fasse partie de ma vie.

Était-ce son insistance bienveillante, ou la menace larvée qu'elle percevait derrière la douceur de sa voix masculine ? Sa résistance commençait à céder.

Le souvenir des contes de fées avec lesquels Lewis avait bercé son enfance la poussa cependant à lui opposer une ultime objection.

— Le mariage… Le mariage n'est-il pas censé être une affaire d'amour ? fit-elle d'une voix hésitante.

Elle se sentait un peu stupide, et terriblement naïve, mais en même temps, il devait comprendre qu'il lui demandait d'aller à l'encontre de tout ce en quoi elle croyait.

— Pour certaines personnes, c'est le cas, reconnut-il. Mais pour d'autres, c'est seulement un arrangement pratique. Tous les mariages peuvent se résumer à un échange. Notre mariage ne sera pas basé sur l'amour, mais il sera heureux, j'en suis convaincu.

Elle sentit son cœur se briser. Jamais Lewis n'avait évoqué cette dimension purement pragmatique du mariage. La réalité de sa situation lui apparut clairement. Dimitrios avait raison et elle devait accepter sa proposition. Mais elle devait renoncer à la croyance qu'elle avait toujours gardée au fond de son cœur – qu'un jour elle vivrait le grand amour avec son prince charmant.

— J'ai besoin d'y réfléchir, dit-elle. D'accord ?

Il finit par acquiescer d'un hochement de tête, avant de se diriger vers la porte. Quand il passa devant elle, il s'arrêta et la toisa avec une expression indéchiffrable.

— Réfléchis vite, Annabelle. J'ai attendu six ans. Je n'attendrai pas plus longtemps pour être son père.

— Je vous confirme que Max est bien mon fils.

Dimitrios réussit à garder un ton dénué d'émotions. Ce n'était pas facile, car le simple fait de s'adresser au journaliste lui coûtait. Mais étant donné les circonstances, autant utiliser la presse à son avantage. Annabelle aurait un aperçu de ce qui l'attendait. Il espérait que cet électrochoc la convaincrait que leur mariage était la meilleure solution. Pour l'instant, l'idée de l'intrusion médiatique était encore théorique pour elle.

— Sans blague ! répondit Ashton en s'esclaffant bruyamment. Et j'avais raison pour la mère ?

— Oui, c'est bien Annabelle Hargreaves.

— Comment l'avez-vous rencontrée ?

— Vous allez devoir vous fatiguer un peu pour le découvrir, répondit Dimitrios avec mépris. Je ne peux pas vous empêcher de vous immiscer dans ma vie privée, mais ce n'est pas moi qui vous mâcherai le travail.

Ashton rit de nouveau.

— Dans ce cas, avez-vous une déclaration pour moi ? demanda-t-il.

Dimitrios était conscient qu'il s'apprêtait à franchir une ligne rouge, qu'il ne pourrait plus revenir en arrière. Mais la pensée de son fils le conforta dans sa décision. Annabelle et lui n'avaient pas le choix. Dès l'instant où ils avaient conçu cet enfant, leur avenir avait été scellé.

— Comme je vous l'ai dit, Annabelle et moi nous connaissons depuis longtemps. Récemment, nous avons renoué. Nous n'avons pas voulu précipiter les choses, pour ne pas perturber notre fils, mais maintenant, je suis heureux d'annoncer à la terre entière que nous allons nous marier dès que possible.

3.

Annie prit les flashs en plein visage. Éblouie, elle baissa la tête. Elle eut cependant le temps de voir la douzaine de photographes qui avaient envahi le trottoir en face de chez elle. Leurs questions fusèrent en même temps.

— Comment avez-vous réussi à garder le secret sur votre fils pendant toutes ces années ?

— Est-il vrai que l'enfant n'a jamais rencontré son père ?

— Qu'allez-vous porter pour le mariage ?

— Pouvez-vous nous montrer la bague de fiançailles ?

— Êtes-vous jalouse des autres femmes ?

Éberluée, elle continua d'avancer, mais ils la suivirent en la harcelant de questions. Quand elle fut à un pâté de maisons de l'école de son fils, elle s'arrêta et leur fit face.

— Laissez-moi tranquille, ordonna-t-elle.

Un silence de quelques secondes se fit, et le flot de questions reprit de plus belle.

— Vous n'avez pas l'air d'une femme amoureuse. Y a-t-il déjà de l'eau dans le gaz ?

Elle pressa le pas et arriva à l'école. Comme elle l'avait espéré, ils ne franchirent pas la grille de l'établissement.

Bon sang, comment une chose pareille avait-elle pu arriver ? Tout en se dirigeant vers la classe de son fils, elle sortit son téléphone de sa poche. D'un doigt tremblant, elle tapa le nom de Dimitrios dans la barre de recherche du navigateur. Un premier article apparut instantanément.

Papandreo révèle l'existence de son enfant caché et annonce ses fiançailles !

Étouffant une exclamation incrédule, elle parcourut le début de l'article.

Le cœur du célèbre célibataire Dimitrios Papandreo n'est plus à prendre. Ses nombreuses admiratrices sont au désespoir. Le magnat des médias, qui a renoué avec son amour de jeunesse, se dit « impatient » de convoler en justes noces. « L'amour n'attend pas. » Voilà qui est nouveau ! Jusqu'à présent, le milliardaire semblait plus partisan des aventures sans lendemain que du grand amour. Mais il a apparemment trouvé la femme de sa vie. Une femme avec qui il a eu un enfant secret il y a six ans !

Écœurée par ce flot d'inepties, elle referma l'article. Avant qu'elle ait pu ranger son téléphone, toutefois, celui-ci sonna.

— Tu es à l'école de Max ? demanda Dimitrios à l'autre bout du fil.

— Oui. Je suppose que je dois te remercier pour ce fichu article qui me vaut d'avoir une meute de photographes aux trousses. À quoi pensais-tu ?

— L'histoire allait sortir de toute manière, répondit-il avec un flegme exaspérant. Je lui ai donné une tonalité positive. Je préfère que notre fils pense que nous étions amoureux plutôt que deux personnes incapables de se contrôler. Pas toi ?

Désarçonnée par sa logique, elle ne put que murmurer :

— J'aurais aimé être prévenue.

— Je comprends, répondit-il d'une voix douce.

Consciente qu'il lui rendait la monnaie de sa pièce, elle ravala ses reproches pour revenir à la situation présente.

— Max va bientôt sortir de classe. Dès que nous aurons franchi le portail de l'école, ils vont nous sauter dessus. Qu'est-ce que je vais lui dire ? Je ne suis pas prête à lui parler de ça, bon sang ! Je déteste qu'on me force la main !

— Tu ne peux pas lui cacher mon existence plus longtemps. Quant aux paparazzis… j'ai envoyé une voiture. Un SUV noir avec chauffeur vous attend dans le parking des instituteurs. Je ne pense pas que les photographes y aient accès. Rentrez à la maison et attendez-moi. Nous lui dirons la vérité ensemble.

Il coupa la conversation avant qu'elle ait pu rien ajouter. Non qu'elle ait su quoi dire… Le monde était devenu fou et toute son énergie l'avait abandonnée. Heureusement, elle s'était ressaisie quand elle arriva devant la classe de Max.

Quelques instants plus tard, il sortit et son cœur de mère se serra d'émotion. Il était plus grand que ses camarades, tout en jambes et en bras. Et ses yeux reflétaient l'intelligence. Il avait le sourire facile et un beau visage. Son cœur se gonfla de fierté quand une fillette plus jeune trébucha et que Max, sans hésiter, se précipita pour la retenir. Il adressa un sourire craquant à la petite fille, puis attrapa son cartable et scruta le hall. Son regard s'illumina quand il aperçut Annie.

Sa vie était sur le point d'être bouleversée et il ne se doutait de rien.

— Comment s'est passée ta journée ? lui demanda-t-elle en lui ébouriffant affectueusement les cheveux.

— Bien. M. Peterson a dit que j'avais cartonné au devoir de maths.

Max était un élève brillant. D'après son instituteur, son niveau lui aurait aisément permis de sauter une classe, mais Annie jugeait préférable que, pour son épanouissement personnel, il reste avec les enfants de son âge.

— Ça ne me surprend pas, dit-elle en le prenant par la main.

— Où allons-nous, maman ?

Max, qui contrairement à elle n'avait pas remarqué les regards curieux des autres parents, s'étonnait qu'elle l'entraîne vers la sortie annexe de l'école.

Elle comprenait désormais mieux les célébrités et leurs lunettes de soleil surdimensionnées. Elle aurait donné n'importe quoi pour cacher son visage.

— Aujourd'hui, nous rentrons à la maison en voiture, dit-elle à voix basse. Un ami doit passer nous prendre.

Dans le parking du personnel, elle repéra immédiatement le gros SUV noir dont deux hommes descendirent à leur approche. L'un, pourvu des lunettes de soleil dont Annie rêvait, ouvrit la portière arrière.

— Madame, dit-il en inclinant la tête.

— Hello, répondit-elle, surprise par son attitude déférente.

— C'est qui ? demanda Max à mi-voix.

— Des amis.

Plus intrigué qu'inquiet, Max s'installa sur le siège rehausseur prévu pour lui. Annie contourna le véhicule et y monta à son tour par la portière que l'autre homme tenait pour elle. Elle n'y connaissait rien en matière de voitures, mais devinait qu'il s'agissait d'un modèle haut de gamme. Les vitres étaient teintées et le cuir sombre des sièges incroyablement doux. Alors qu'elle s'émerveillait des accoudoirs très larges qui ajoutaient une note supplémentaire de confort, l'homme assis sur le siège passager l'informa que des boissons étaient à leur disposition dans la console centrale.

À en croire l'expression ébahie de Max, l'idée lui semblait fabuleuse. Avant qu'elle ait pu l'en empêcher, il ouvrit la console où étaient rangées de petites bouteilles de champagne, d'eau et de jus de fruits. Annie fut tentée de se servir une coupe de champagne pour lutter contre sa nervosité, mais elle allait avoir besoin de toutes ses facultés pour ce qui allait suivre.

— Je peux prendre un jus de fruits, maman ?

Elle ouvrit la bouche pour répondre « non », mais pourquoi lui refuser ce petit plaisir ?

— Bien sûr.

Pour achever de le mettre à l'aise, elle prit elle-même une bouteille d'eau.

Leur appartement n'était pas très loin de l'école et, Dieu merci, les paparazzis ne les avaient pas suivis. Quand ils se rendraient compte qu'ils avaient été dupés, il serait trop tard.

La voiture se gara devant la maison. Annie fit rapidement rentrer Max et l'un des hommes resta en faction devant la porte.

— Ton ami ne veut pas rentrer ? demanda Max une fois la porte refermée derrière eux.

— Non.

— C'était bizarre.

— C'est vrai, répondit-elle sans se lancer dans une explication que Max ne réclamait d'ailleurs pas.

— Tu veux jouer aux cartes ?

La proposition de son fils tombait à point nommé pour lui redonner le sentiment rassurant que tout était normal, finalement. Elle s'apprêtait à accepter quand la porte s'ouvrit brusquement. Dimitrios ne prit pas la peine de frapper, cette fois-ci ; il entra comme s'il était chez lui. Comme s'il était chez lui *partout*. Instinctivement, elle posa une main sur l'épaule de Max et l'attira à elle, sans quitter le visiteur du regard. Elle nota qu'il était aujourd'hui habillé de façon plus décontractée : jean et T-shirt blanc qui faisait ressortir son bronzage.

— C'est encore un ami, maman ?

— Pas exactement, répondit-elle en déglutissant péniblement. Viens t'asseoir, Max. Nous avons quelque chose à te dire.

Le moment de vérité était arrivé, et elle avait l'impression étrange de percevoir tous les détails de la scène avec une acuité exacerbée. Le charisme de Dimitrios, l'exiguïté de son appartement, la vétusté du mobilier, l'expression sérieuse de son fils et l'usure de son uniforme d'écolier.

— Max, je te présente Dimitrios, dit-elle quand ils furent assis autour de la table. C'était un très bon ami de ton oncle Lewis. C'est par lui que nous nous sommes connus, il y a très longtemps, et nous sommes devenus… amis.

Dans un geste d'encouragement, Dimitrios, qui s'était assis entre Max et elle, posa une main sur la sienne. Elle réalisa à ce moment seulement qu'elle tremblait.

— La vérité, Max, c'est que ta mère et moi nous étions plus qu'amis. Nous sommes tombés amoureux et nous t'avons eu.

Nous sommes tombés amoureux… Elle savait qu'il enjolivait la réalité, mais les mots de Dimitrios vibrèrent en elle comme la plus douce des musiques.

Max fronça les sourcils.

— Tu veux dire que… tu es mon père ?

Une lueur de fierté illumina le regard de Dimitrios. L'importance évidente que sa paternité avait pour lui décupla le sentiment latent de culpabilité qui la taraudait.

— Maman ? C'est vrai ?

En proie à une émotion violente, elle fut incapable de proférer un son et acquiesça d'un mouvement de tête.

— Mais tu ne vis pas avec nous, dit Max, revenant à Dimitrios. Pourquoi ?

— J'habite à Singapour.

À l'étonnement d'Annie, cette réponse parut satisfaire Max.

— C'est très loin, n'est-ce pas ? dit-il.

— Oui. As-tu déjà été à Singapour ?

— Je n'ai jamais pris l'avion.

— Je vois…, dit Dimitrios en lançant un regard sombre à Annie.

Elle n'était pourtant certainement pas la seule mère célibataire à n'avoir jamais emmené son enfant en vacances à l'étranger ? Mais déjà Dimitrios s'était retourné vers leur fils.

— Ça te dirait de venir à Singapour ?

Elle posa la main sur celle de Dimitrios pour lui signifier son désaccord qu'il manipule ainsi leur fils, mais il fit mine de ne pas comprendre.

— Je… On va aller à Singapour, maman ?

Elle afficha un sourire rassurant pour ne pas perturber davantage Max.

— Rien n'a encore été décidé.

— À vrai dire, Max, je pense qu'il est temps que nous vivions tous les trois ensemble, comme une vraie famille, dit Dimitrios. Or ma maison et mon travail se trouvent à Singapour.

— À quoi ressemble ta maison ? demanda Max.

Visiblement ravi de cette réaction encourageante, Dimitrios lui adressa un sourire charmeur.

— Tu veux voir une photo ?

De nouveau, Max se tourna vers elle, comme pour quêter son approbation.

— Et toi, maman, tu as envie de déménager à Singapour ?

Annie sentit le regard de Dimitrios peser sur elle. Elle comprenait ce qu'il ressentait. Il était impatient de rattraper le temps perdu… N'était-ce pas la moindre des choses qu'elle puisse faire ? Et Max ? N'avait-il pas le droit d'apprendre à connaître son père et de profiter de la vie dénuée de souci matériel qu'il pouvait leur offrir ? De plus, sa brève expérience avec les paparazzis lui avait donné un avant-goût de ce que sa vie allait être, désormais. Dimitrios saurait les protéger de leur intrusion.

— Singapour est une ville magnifique, répondit-elle. Mais tu es sûr que ton école ne va pas te manquer ?

Max sembla soupeser le pour et le contre, puis il s'adressa à Dimitrios :

— Il y a des écoles à Singapour ?

— Oui, il y a d'excellentes écoles, répondit Dimitrios en lui tendant son téléphone.

Les yeux du petit garçon s'écarquillèrent.

— C'est… C'est l'école ? demanda-t-il.

— Non, c'est ma maison.

— C'est là que je vais habiter ?

— Si c'est ce que tu veux, oui.

Machinalement, Annie se pencha vers la photo que son fils étudiait. La maison était immense, de style contemporain, avec son empilement de blocs de ciment et de verre, au milieu d'un écrin de végétation tropicale. C'était à la fois original et luxueux. Derrière le bâtiment, on apercevait l'océan et, plus loin, la silhouette caractéristique de Singapour.

Quand Max eut fini de regarder la photo, il posa la question qu'Annie redoutait depuis que Dimitrios les avait rejoints.

— Pourquoi je ne t'ai pas rencontré avant ?

Elle se raidit. C'était le moment qu'elle avait toujours appréhendé. Volontairement ou non, Dimitrios vola à son secours et la dispensa de répondre.

— Parfois les familles sont séparées, Max, dit-il. Mais maintenant que je suis là, je veux faire partie de ta vie, pour toujours. Je n'ai pas été proche de mon propre père, mais j'espère que toi et moi nous pourrons être bons amis.

Elle perçut les regrets dans la voix grave de Dimitrios, mais Max – qui n'était qu'un enfant après tout – ne sembla retenir que le sens des paroles.

La délicatesse de Dimitrios la bouleversait. Il aurait facilement pu creuser un fossé entre son fils et elle en la dénigrant devant Max, mais il ne l'avait pas fait. Au contraire, en n'entrant pas dans les détails, sans rejeter le blâme sur quiconque, il simplifiait la transition. Craignant de trahir le flot d'émotions qui la submergeait, elle se leva brusquement et alla dans la cuisine.

Dimitrios était revenu dans sa vie depuis la veille seulement et, soudain, tout paraissait simple. Max acceptait l'arrivée inattendue de ce père dans son existence sans se poser de questions inutiles. De quel droit leur refuserait-elle l'opportunité de nouer une véritable relation père-fils ?

— Tu as une piscine ? demanda-t-elle d'un ton enjoué en revenant dans la conversation.

— Deux piscines.

Elle leur tournait toujours le dos, mais elle entendit le sourire dans la voix de Dimitrios et son cœur se serra sous l'effet des souvenirs et des regrets.

C'était la même intonation qu'il avait eue la première fois qu'ils s'étaient rencontrés. À l'époque elle avait quinze ans. Lui et son jumeau Zach étaient venus dans le petit pavillon en banlieue de Sydney où Lewis et elle avaient grandi. Annie gardait un souvenir très précis de ce jour-là. Son univers lui était apparu à la fois plus petit et plus vaste. Elle n'avait jamais rencontré quelqu'un comme lui dans la vraie vie. Il avait vingt et un ans, mais son physique athlétique lui conférait une maturité très séduisante. Et il avait une allure incroyable, avec ses vêtements élégants mais décontractés. Il lui avait souri et quelque chose en elle avait changé pour toujours.

— Deux piscines ! Pour quoi faire ? demanda Max en s'esclaffant.

— L'une se trouve dans le gymnase. Elle sert surtout à faire des longueurs. L'autre est à l'extérieur, dans le jardin. Elle surplombe la baie et la ville, et elle sert plutôt à se détendre.

— Et pour faire des plongeons ?

Le rire grave de Dimitrios se répandit dans les veines d'Annie comme du miel tiède. Elle se retourna vivement dans l'espoir de capter son expression tandis qu'il riait.

— Oui, aussi pour faire des plongeons.

Il avait appuyé sa réponse d'un clin d'œil à Max, puis il leva les yeux et son regard rencontra celui d'Annie. Aussitôt, son visage se ferma. Elle sentit son cœur se glacer.

Elle prit une bouteille de lait dans le réfrigérateur et remplit un verre qu'elle posa devant Max. Le père et le fils discutaient à présent des modalités pratiques du déménagement. Leur départ imminent sembla soudain bien réel à Annie.

— Je pourrai emporter mon train et mes rails, maman ?

— Bien sûr. Tu n'as qu'à ranger tout ce que tu as envie de prendre sur ton lit. Ce sera plus facile ensuite de tout mettre dans des cartons.

— OK.

Max vida son verre de lait, puis se leva et, souriant, quitta le salon.

Quand elle fut seule avec Dimitrios, un phénomène curieux et familier se produisit. Elle avait soudain du mal à respirer et à se concentrer. Quant à soutenir son regard…

— C'est incroyable comme il me ressemble.

— Je sais.

— Je ne comprendrai jamais comment tu as pu décider de ne rien me dire et m'empêcher de le voir.

— Ça n'a pas été une décision facile.

— Pourtant tu t'y es tenue pendant toutes ces années. Alors même que tu te débattais dans des problèmes financiers sans nom que j'aurais facilement pu t'épargner.

— Tu penses vraiment que ma vie va être plus facile, désormais ? Déménager dans un autre pays, *t'épouser* ? Le mariage n'est pas une mince affaire. Admettons que nous restions mariés jusqu'à ce qu'il ait dix-huit ans, cela représente douze ans de vie commune, douze ans à faire semblant. En ce qui me concerne, ça me paraît insurmontable.

— Tu te trompes sur plusieurs points, Annabelle. Dans mon esprit, notre mariage n'aura rien d'une mascarade. Il sera bien réel, ce qui signifie qu'il durera jusqu'à ce que la mort nous sépare, selon la formule consacrée. Quant à faire semblant… nous n'en avons pas besoin.

Sous-entendait-il qu'ils allaient de nouveau coucher ensemble ? Ou prenait-elle ses rêves pour la réalité ?

Toujours est-il que cette possibilité faisait s'accélérer les battements de son cœur.

— Que veux-tu dire par : notre mariage sera « réel » ?

— Nous formerons une famille. Nous vivrons ensemble. Nous partagerons une chambre, nous élèverons notre fils ensemble. Je t'épaulerai en tout.

C'était trop. Trop de gentillesse et trop d'exigences à la fois. Elle s'était préparée à se défendre, à le combattre, mais son attitude conciliante la désarmait complètement. De là à partager son lit... Alors qu'elle connaissait la piètre opinion qu'il avait d'elle... Il l'avait traitée de gamine, après lui avoir pris sa virginité. Au souvenir de son humiliation, elle rougit.

— D'accord pour vivre sous le même toit que toi, dit-elle. Mais pour le reste... Ne t'imagine pas que je vais me précipiter dans ton lit après toutes ces années, simplement parce que nous avons un fils ensemble.

Il lui décocha un sourire narquois.

— Non, Annabelle. Tu vas te précipiter dans mon lit parce que tu me désires tout autant qu'il y a sept ans. N'essaie pas de me faire croire que coucher avec moi sera une corvée.

— Tu es tellement arrogant ! répondit-elle, outrée.

Le rire grave de Dimitrios s'égrena doucement.

— C'est vrai. Mais ose prétendre que je me trompe.

Nie en bloc ! intimait une petite voix intérieure à Annie. Encore aujourd'hui, elle avait honte de la facilité avec laquelle elle s'était donnée à lui.

— Je me contrôle mieux aujourd'hui qu'à dix-huit ans, dit-elle. Que les choses soient claires : j'accepte ce mariage uniquement pour Max. Je n'attends rien de toi.

— C'est ce que tu veux ? Alors qu'il y a entre nous des étincelles, que l'alchimie est toujours là ?

Prise de court par cette allusion directe à l'attirance physique qu'elle éprouvait effectivement encore pour lui, elle fut incapable de répondre.

— Peu importe, dit-il comme elle ne réagissait pas.

Sa déception la conforta dans l'idée qu'elle était bien faible, quand il s'agissait de Dimitrios. Malheureusement, ces sentiments n'étaient pas réciproques.

— Le sexe n'est pas le sujet, dit-il. Mais pour préserver les apparences, tu dormiras dans ma chambre. Je ne veux pas que Max raconte à ses copains de l'école que nous faisons chambre à part. Cela vous exposerait – lui comme toi – au genre de ragots que je veux justement éviter.

— Dans ce cas, nous aurons des lits jumeaux, dit-elle.

Il éclata de rire. Mais son rire était plus railleur que gai.

— Ne t'inquiète pas, mon lit est grand. Tu pourras dormir tout au bord, si tu as peur que je ne résiste pas à l'envie de te toucher au milieu de la nuit.

Elle se sentit ridicule. Embarrassée et puérile.

Il plongea la main dans sa poche et en sortit une petite boîte noire qu'il poussa vers elle. Encore pétrifiée d'avoir malgré elle révélé à Dimitrios qu'il la troublait toujours autant, elle ouvrit machinalement la boîte. Et ne put retenir une exclamation admirative.

— Waouh ! Qu'est-ce… Qu'est-ce que c'est ?

— Une bague de fiançailles.

Elle s'arracha à la contemplation du bijou et leva lentement les yeux vers lui.

— Elle est bien trop… trop.

La bague était ridiculement sublime. Un diamant énorme taillé en poire, monté sur un anneau en platine, lui-même serti de diamants. Même à la lumière blafarde de son appartement, le bijou scintillait de mille feux.

— C'est ce que le bijoutier avait sous la main. Si elle ne te plaît pas, tu pourras en choisir une autre.

Son ton était nonchalant, comme si tout cela n'avait aucune importance pour lui. C'était la demande en mariage la plus étrange qui soit et Annie avait du mal à croire qu'elle y était partie prenante.

— Non, elle me plaît, dit-elle. C'est seulement que…

Combien a-t-elle coûté ? Et puis, non… Je ne veux pas le savoir.

Elle se mordit la lèvre, cherchant ses mots.

— Jusqu'à maintenant, la vie n'a pas été facile pour moi. J'économisais sur tout pour pouvoir acheter à Max les choses indispensables, et même ainsi je ne pouvais les avoir que d'occasion, et toi tu débarques avec… cette bague. Ça va me prendre un moment pour m'habituer.

— Tu aurais dû prendre contact avec moi.

Elle ne lui avoua pas qu'elle avait essayé, par crainte qu'il ne devine les sentiments qu'elle avait éprouvés pour lui.

À son grand soulagement, Dimitrios n'insista pas. Il sortit des papiers de son autre poche et les lui tendit.

— C'est le contrat prénuptial. Si tu veux, tu peux le montrer à un juriste, mais il ne trouvera rien à redire. Il est très favorable pour toi.

— Je ne peux pas me payer de juriste, alors je t'en prie… Explique-moi de quoi il s'agit.

Elle vit un muscle tressaillir sur sa mâchoire virile, mais il obtempéra.

— C'est simple. Les deux premiers paragraphes sont consacrés aux fonds d'investissement pour Max. Le suivant à ce qui se passera si je meurs. Le partage de ma fortune entre différents fonds qui reviendront à Max et aux autres enfants que nous pourrions avoir.

Elle fit un effort considérable pour cacher que l'allusion à d'autres enfants possibles la troublait profondément.

— Pour finir, il y a la partie concernant ton argent de poche et la pension alimentaire que tu recevrais en cas de divorce.

Elle regarda fixement la dernière partie du document. Le divorce. La tête lui tournait. Comment arrivait-il à évoquer dans la même phrase leur mariage et leur divorce ? Elle se força à lire les termes du contrat avec attention, avant de lever les yeux vers lui.

— Si j'ai bien compris, pendant que je serai mariée avec toi je recevrai une somme mensuelle ridiculement élevée, et presque plus rien si je décidais de te quitter.

L'expression de Dimitrios avait une froideur toute professionnelle. Elle se souvint d'un article qu'elle avait lu sur lui, quelques années auparavant, où il était décrit comme un « magnat impitoyable ». Cette formule correspondait parfaitement à l'homme qui se tenait face à elle.

— C'est l'idée, en effet. Ta vie, tant que tu seras ma femme, dépassera tout ce que tu peux imaginer. Tu auras tout ce que tu voudras, quand tu voudras.

— Et si je te quitte, je me retrouverai au point de départ ?

Il parcourut l'appartement du regard avant de répondre.

— Tu ne vivras plus jamais dans ces conditions, dit-il d'une voix sourde où elle crut déceler de la colère. Mais crois-moi : tu n'auras aucun intérêt à me quitter.

Son ton s'adoucit et il ajouta :

— Je veux que notre mariage dure toute notre vie. Pour Max.

Pourquoi était-elle déçue ? Qu'avait-elle espéré entendre ? Qu'il éprouvait quand même un quelconque sentiment pour elle ? Eh bien, elle en était pour ses frais. Mais en réalité, tous ces détails juridiques n'avaient pas d'importance. De toute façon, s'ils divorçaient un jour, sa fierté l'empêcherait de prendre l'argent de Dimitrios. Levant le menton dans un mouvement de défi, elle acquiesça.

— Parfait. Je signe.

Une lueur victorieuse fit briller les prunelles de Dimitrios. Il sortit la bague de son écrin et il la passa lentement au doigt d'Annie.

Par la baie vitrée de son appartement au sommet de la tour Papandreo, Dimitrios contemplait le centre historique de Sydney. Il se répétait qu'il avait pris la bonne décision.

À un moment, il avait envisagé de verser à Annie une pension alimentaire importante pour lui permettre d'élever dignement leur fils. Mais cela aurait impliqué une garde alternée. Voulait-il être un père absent ou, pire, obliger Annabelle à être une mère à temps partiel ? Non. Et il n'avait pas besoin de creuser beaucoup pour comprendre pourquoi cette solution lui déplaisait foncièrement.

Quand il était entré dans le petit appartement miteux où elle vivait, l'endroit lui avait rappelé sa propre enfance. Il avait vécu ses dix premières années dans la pauvreté, auprès d'une mère qui faisait du mieux qu'elle pouvait pour élever décemment ses fils. Son enfance avait été une succession de contrastes. Quand leur père venait, de façon sporadique, il les emmenait, Zach et lui, pour une semaine de luxe et de splendeur. Ils pouvaient avoir tout ce qu'ils voulaient. Mais tout s'évanouissait quand ils revenaient chez leur mère. En grandissant, il en avait voulu à son père. Celui-ci était immensément riche. Pourquoi laissait-il leur mère vivre dans un tel dénuement ?

Il ne s'était jamais consciemment promis de ne pas agir comme son père mais, confronté à la même situation, il était déterminé à ne pas suivre l'exemple paternel.

Et leur fils n'aurait jamais à choisir entre ses deux parents. Il pourrait les aimer tous les deux. Ils formeraient une famille unie. Pour Max.

Quant à la réalité de leur mariage… Annabelle pouvait répéter tant qu'elle voudrait que l'aspect physique de leur union ne l'intéressait pas, il n'était pas dupe. Tout son être la trahissait. Ses yeux, quand elle le regardait, son corps qui semblait attiré malgré elle quand ils étaient proches, son souffle qui devenait irrégulier et ses joues qui rosissaient.

Elle le désirait aujourd'hui, comme elle l'avait désiré la nuit où ils avaient conçu Max. Lui-même n'était pas insensible à son charme. Elle était toujours aussi belle qu'à dix-huit ans et la nuance rare de ses prunelles bleu-vert le fascinait, il devait bien l'admettre. Tout comme le fascinait le contraste entre sa silhouette mince et ses courbes délicieusement féminines.

Oui, il gardait bon espoir que ce mariage de raison se transforme peu à peu en une relation plus sérieuse. Pour le bien de leur fils.

4.

Dix-neuf ans auparavant

— Et qu'est-ce qui se passe après, Loulou ? demanda Annie.

— Je t'ai interdit de m'appeler comme ça, répondit son frère avec un sourire qui démentait la sévérité de son ton.

— Lewis, rectifia-t-elle.

Sa mimique faussement contrite acheva de faire perdre son sérieux à Lewis, qui éclata de rire.

— Après, la princesse s'échappe du donjon ; elle s'envole sur le dragon et ils se réfugient dans un endroit sûr.

— Ah bon ? Et le dragon ne la brûle pas ?

— Non, car c'est une princesse. Ce qui nous amène à la partie avec le prince.

Annie, âgée de six ans, s'accouda et attendit que son frère poursuive son récit. Lewis avait douze ans, et au lieu de jouer au foot, ou de lire des livres de grands, il inventait chaque soir une histoire pour elle. C'était leur rituel.

— Et ensuite… ? demanda-t-elle.

— Le dragon atterrit dans un champ…

— Quel genre de champ ? De fleurs, de blé, de maïs ?

— De fleurs, répondit-il en lui souriant.

— Des fleurs violettes ?

— Si tu veux Annie. Un champ de fleurs violettes.

Un sourire flottant sur les lèvres, elle se laissa retomber

contre l'oreiller. Ses paupières s'alourdirent tandis que Lewis reprenait le fil du conte.

— Et dans ce champ l'attendait le fameux prince charmant dont elle avait tellement entendu parler. Maintenant qu'elle avait échappé à la méchante reine, rien ne les empêchait de se marier et de régner ensemble sur le royaume. Ils vécurent heureux et eurent beaucoup d'enfants.

Le sourire d'Annie s'élargit. Les histoires de Lewis se terminaient toujours bien.

— Lewis, les princes et les princesses existent vraiment ?

— Bien sûr.

— Pourquoi je ne suis pas une vraie princesse ?

— Mais si, tu es une vraie princesse. Pour moi, en tout cas.

— Et quand je serai grande, j'épouserai un prince ?

— Ce ne sera peut-être pas un vrai prince, mais il te traitera comme une princesse. Ou il aura affaire à moi.

— Oui, je l'ai vu.

— Et Annie aussi ?

Sous le regard incisif de Zach, Dimitrios serra les dents. Devant eux, un journal était grand ouvert sur la table de la salle à manger. La une n'apportait rien de nouveau. Les mots « relation secrète » et « enfant de l'amour » s'étalaient à la une. Mais l'article en pages intérieures se montrait très dur avec Annabelle. Le journaliste la qualifiait de « jeune femme ordinaire », et de « mère célibataire mal fagotée ». Pour illustrer ses propos, il avait choisi les photos les moins flatteuses, prises la veille. Malgré cela, Dimitrios se surprit à étudier plus attentivement l'une d'entre elles, remarquant des détails qui avaient apparemment échappé au journaliste. Il s'attarda sur la courbe gracieuse de sa nuque, les reflets dorés de sa chevelure, son port de tête à l'élégance naturelle, ses lèvres pleines, la profondeur de son regard.

Repoussant le journal, il se tourna vers son frère.

— Je ne sais pas, répondit-il enfin. De toute façon, elle va devoir s'habituer à ce genre d'article désobligeant. C'est le revers de la médaille.

— Et elle ne trouve rien à y redire ?

L'hésitation qu'il avait sentie chez son frère l'intrigua.

— Qu'est-ce que tu sous-sous-entends ?

— Allons, Dim… Tu peux raconter ton histoire de retrouvailles romantiques à la terre entière, mais pas à moi. Je sais que vous n'avez jamais été ensemble. Sauf – de toute évidence – une nuit, mais c'était une exception. Au passage : je suis impatient de rencontrer votre fils… Mais quels que soient les termes de votre accord, tu ne peux pas livrer ainsi Annie en pâture aux médias. Quoi qu'elle ait fait, elle ne mérite pas ça.

Dimitrios se retint de souligner qu'elle lui avait quand même caché l'existence de son fils pendant six ans. Devait-il s'apitoyer sur ses déconvenues, à présent ? Il réprima son ressentiment.

— Non, répondit-il. Mais je ne contrôle pas la façon dont les concurrents traitent cette affaire.

— Tu contrôles beaucoup plus de choses que tu ne le penses. Fais en sorte qu'elle ne puisse pas être aussi facilement ridiculisée. Prive-les d'arguments, Dimitrios. Pour le bien d'Annie.

Hantée par l'appréhension de la nouvelle vie qui s'annonçait pour Max et elle, Annie avait mal dormi. Quand elle se réveilla en sursaut, il était déjà 7 heures. C'était un coup frappé à la porte qui l'avait tirée du sommeil, et pas la sonnerie du réveil qu'elle n'avait même pas entendue. Dimitrios l'avait prévenue qu'il lui enverrait un chauffeur, mais, échaudée par son premier contact de la veille avec les paparazzis, elle s'assura de l'identité du visiteur avant d'ouvrir la porte.

— Qui est là ?

— C'est Henderson, madame. C'est moi qui vous ai ramenés hier.

Elle entrouvrit la porte de sorte que personne ne puisse la voir en pyjama et passa la tête dans l'entrebâillement.

— Nous en avons pour quelques minutes, dit-elle. Vous pouvez patienter un peu ?

— Bien sûr.

— Voulez-vous entrer ? Boire un verre d'eau, ou du thé ?

— Il y a du café dans la voiture, madame.

Du café ? Voilà ce dont elle avait besoin. Une bonne dose de caféine. Elle remercia le chauffeur et promit de se dépêcher.

Elle courut à la chambre de Max et lui secoua doucement l'épaule, puis elle déposa un baiser sur son front. Quand il ouvrit des yeux encore ensommeillés, son cœur fondit.

— Il est l'heure de se lever, Max. Nous sommes en retard. Tu peux t'habiller tout de suite ?

— Oui, maman.

Elle alla rapidement se préparer. En enfilant un jean et un chemisier noir, elle remarqua que ses vêtements flottaient un peu. « On dirait que tu n'as pas mangé depuis une semaine », avait dit Dimitrios. Pour ne pas prêter le flanc à cette critique, elle ressortit les pans du chemisier qui retomba par-dessus sa ceinture, et mit un gros collier qu'elle avait acheté dans une friperie.

Le résultat lui parut satisfaisant.

Elle noua sa chevelure en chignon sur le sommet de son crâne, donna un toast à Max, et ils furent prêts.

Mais seraient-ils vraiment « prêts » un jour ? se demanda-t-elle quand, sur le seuil de la maison, un crépitement de flashs les accueillit, accompagné d'une rafale de questions. Cette fois, elles s'adressaient à Max. Un enfant de six ans ! Ces gens étaient fous. Annie les foudroya du regard et se pencha vers Max pour lui murmurer :

— Ne leur réponds pas, mon cœur. Va vers la voiture, c'est tout.

Henderson les escorta vers le SUV en faisant rempart de son corps et les dissimula autant que possible aux photographes tandis qu'ils grimpaient dans le véhicule. La portière refermée sur eux, ils se retrouvèrent protégés par les vitres teintées.

— C'était bizarre, dit Max en fronçant les sourcils.

Elle éclata de rire.

— Oui, c'est le bon mot !

Elle continua de rire, parce que ça faisait du bien, et parce qu'elle était fière de la capacité de résilience de son fils, de son calme. Elle pressa affectueusement sa petite main dans la sienne.

— Regarde maman, dit-il quand la voiture se mit à rouler. Il y a encore des boissons.

— On dirait même qu'il y a du chocolat chaud pour toi.

Et du café pour elle. Quel bonheur !

Max but une gorgée et son sourire de contentement réchauffa le cœur d'Annie. Tandis qu'il mangeait son toast et buvait son chocolat, il avait clairement l'impression d'être quelqu'un de spécial. Une fois qu'ils furent arrivés devant l'école, Annie le conduisit à l'intérieur, comme d'habitude. Pourtant, depuis la veille, plus rien n'était normal. Les parents – même ceux dont elle était assez proche – la regardaient bizarrement, comme l'instituteur de Max.

Elle n'avait jamais été très expansive ; elle n'eut pas besoin de changer d'attitude. Elle s'accroupit devant Max et, d'une caresse, écarta les mèches sombres qui retombaient sur le front du petit garçon.

— C'est probablement mieux que tu ne parles pas de tous les changements qui sont arrivés depuis hier. Tu auras tout le temps d'expliquer la situation à tes copains, mais pour l'instant, je pense qu'il vaut mieux laisser les choses se tasser.

— OK, répondit-il. De toute façon, je ne sais pas ce que je pourrais raconter.

Son cœur de mère saigna devant cet aveu de vulnérabilité.

— Effectivement, dit-elle d'une voix rassurante. Mais tu sais que tu peux me poser toutes les questions que tu veux, n'est-ce pas ?

— Je sais.

À son départ de l'école, peu désireuse d'engager la conversation avec quiconque, elle garda les yeux obstinément baissés. Henderson, les bras croisés, attendait près de la voiture.

Une fois installée et la ceinture bouclée, elle laissa sa tête retomber sur le dossier en cuir et ferma les yeux. Un petit moment plus tard, elle prit conscience qu'ils n'allaient pas dans la bonne direction.

— Où allons-nous ? demanda-t-elle en se penchant vers le chauffeur.

— M. Papandreo m'a demandé de vous conduire à lui.

La conduire à lui ? Était-elle donc l'une des nombreuses possessions de Dimitrios ?

— J'aurais apprécié qu'il m'en informe d'abord, dit-elle.

Elle pensait avoir parlé à voix basse mais le sourire de Henderson dans le rétroviseur lui indiqua qu'il avait entendu son commentaire. Tant pis ! Dimitrios n'avait qu'à ne pas se montrer aussi… despotique.

À cette heure matinale, le trafic était dense et le SUV roulait à vitesse modérée entre les gratte-ciel qui projetaient leur ombre sur le quartier des affaires. Peu familière de cette partie de la ville, elle avait du mal à s'y orienter. Finalement, la voiture s'immobilisa. La portière s'ouvrit et Annie descendit, happée par l'ambiance de ruche de la grande ville.

— Par ici, madame.

— Henderson, si vous êtes amené à me véhiculer plus souvent, seriez-vous d'accord pour m'appeler Annie ? Ça fait un peu vieux jeu de m'appeler « madame » alors que vous avez l'air d'avoir mon âge.

— Cela vous met mal à l'aise ?

— Honnêtement ? Oui.

Sa franchise lui arracha un petit rire.

— Parfait, mademoiselle Hargreaves.

— Non, simplement « Annie ». Je vous en supplie.

— Parfait, Annie. Puisque vous insistez…

C'était une petite victoire, mais celle-ci lui insuffla la conviction qu'elle parviendrait à rester elle-même malgré les bouleversements qu'allait subir son univers.

— Merci, dit-elle. Maintenant, où est Dimitrios ?

D'un mouvement de tête, Henderson désigna une grande porte en verre noir portant en lettres élégantes le nom d'une marque mondialement célèbre, synonyme de luxe. Jamais elle n'aurait songé à entrer dans cet endroit.

La gorge nouée par une inquiétude sourde, elle s'avança. Henderson appuya sur la sonnette. Quelques secondes plus tard, les portes s'ouvrirent sur de larges dalles de marbre et un plafond vertigineux aux lustres scintillants. Une armée d'une dizaine de personnes, visiblement des vendeurs, l'attendaient. Et à côté d'eux se tenait Dimitrios, vêtu d'un de ses élégants costumes sur mesure, les souliers brillants, sa chevelure noire coiffée en arrière. L'intensité du regard qu'il fixa aussitôt sur elle lui fit monter le rouge aux joues.

— Annabelle !

Il s'avança vers elle et l'attira dans ses bras. Ses yeux luirent brièvement en guise d'avertissement, puis, avant qu'elle puisse reculer, il s'inclina et l'embrassa sur la bouche.

Elle avait beau savoir cette démonstration passionnée uniquement destinée à donner le change aux employés de la boutique, une vague de désir prit naissance au creux de son ventre et se propagea dans ses veines comme de la lave en fusion. Instinctivement, elle enroula un bras autour de la nuque masculine, glissa les doigts dans la chevelure sombre et épaisse pour l'empêcher de s'écarter. Seigneur ! Il embrassait divinement ! Leurs langues se mêlèrent en une joute sensuelle, ravivant une foule de souvenirs érotiques.

Un signal d'alarme retentit dans son cerveau, lui ordonnant de s'arracher immédiatement à ce baiser. Mais son corps avait pris le contrôle, et son corps désirait Dimitrios avec une force presque insupportable.

Quand il s'écarta finalement, il darda un regard indéchiffrable sur elle. À la nuance plus sombre de ses yeux, elle devina que leur baiser l'avait autant troublé qu'elle. Il murmura de façon à être entendu d'elle seule :

— Tout le monde pense que nous sommes amoureux. Ne l'oublie pas, *agape*, et joue le jeu.

C'était le seau d'eau glacée dont elle avait besoin pour reprendre ses esprits et couper court aux idées folles qui l'avaient traversée un bref instant. Elle plaqua un sourire radieux sur son visage.

— Bien sûr, chéri, répondit-elle sur le même ton.

— Merci de m'avoir rejoint ici.

Il avait pris sa main et entrelaça ses doigts aux siens.

— Avais-je le choix ? chuchota-t-elle sans se départir de son regard enamouré.

— Pas vraiment, reconnut-il sans la moindre honte.

À cet instant, un homme se détacha du groupe qui s'était pudiquement détourné et s'adressa à Annie.

— Madame, c'est un plaisir de vous accueillir. Je m'appelle Gustav et je suis le manager de la boutique. M. Papandreo m'a demandé de vous aider à faire votre choix parmi les choses que nous pouvons vous proposer.

Annie parcourut la boutique luxueuse du regard. Un sentiment d'inadéquation s'insinua en elle.

— Honnêtement, je ne sais pas en quoi vous pourriez m'aider, dit-elle. Je ne fais pas mon shopping dans des magasins comme celui-ci.

— Quel dommage pour nous ! répondit gracieusement le manager, avant de s'adresser à ses troupes : Au travail !

Les employés se dispersèrent parmi les portants chargés de vêtements et seul le manager resta auprès d'eux.

— Que diriez-vous d'une coupe de champagne et d'un croissant aux amandes ?

Sur le point de rétorquer qu'il était à peine 9 heures du matin, elle se ravisa. Les bulles atténueraient sans doute sa nervosité.

— Quelques gorgés, alors, répondit-elle.

— Parfait. Et pour vous, monsieur ?

— Un café.

Quand le manager disparut, elle en profita pour faire part d'un soupçon à Dimitrios :

— Où sont les autres clients ? Ne me dis pas que tu as privatisé le magasin pour toi tout seul.

— Pour *toi*, répondit-il.

Elle poussa un soupir excédé.

— Dimitrios, pourquoi fais-tu ça ?

Il tendit la main et effleura le col de son chemisier d'un geste négligent.

— Parce que tu as besoin de vêtements neufs. Et parce que je peux me le permettre. Tu vas être ma femme et tu ne peux pas t'habiller n'importe comment.

— Mais ceci est… extravagant. Je n'ai pas besoin de…

Pour appuyer ses dires, elle désigna le premier vêtement qui lui tomba sous la main. C'était une blouse rose pâle, en soie, avec des boutons de perles. Quand elle vit le prix sur l'étiquette, elle faillit tomber à la renverse.

— C'est ridicule, Dimitrios ! Qui paye une somme pareille pour un simple chemisier ?

Il lui prit la main et l'attira contre lui. Ce n'était que de la poudre aux yeux destinée à accréditer leur histoire d'amour, pourtant son pouls s'accéléra.

— Ne t'occupe pas du prix. Achète tout ce qui te fait envie.

— Mais je ne veux rien. Je sais, mes vêtements ne sont pas très glamour, mais ils sont parfaits pour *moi*. Ils correspondent à mon style de vie et à qui je suis.

— La semaine dernière, j'ai reçu le président des États-Unis à dîner, répondit Dimitrios comme s'il énonçait une banalité. J'invite régulièrement des hôtes de marque. Dis-moi, Annabelle, as-tu dans ton placard une tenue que tu pourrais porter pour un dîner avec le président ?

Elle était impressionnée, mais elle fit de son mieux pour le cacher. Elle refusait de se laisser manipuler, ou d'oublier qui elle était.

— Si je devais dîner avec le président des États-Unis, je mettrais une robe propre, j'afficherais mon plus beau sourire et je lui demanderais comment se passe son séjour à Singapour, comment se porte sa famille. Ce n'est pas plus compliqué que ça.

Sa repartie lui valut une moue admirative de son compagnon, qui ne changea pas d'avis pour autant.

— Je ne te demande pas de virevolter dans la maison en robe de bal, dit-il d'une voix douce mais ferme. Essaie quelques vêtements… Vois ce qui te plaît. Si à la fin de la matinée tu n'as rien trouvé à ton goût, alors OK.

Gustav revint avec une coupe de champagne remplie à ras bord.

— Madame, dit-il en lui présentant le plateau d'argent.

— Je vous en prie, appelez-moi Annie, répondit-elle en prenant la coupe.

— Oui, Annie, dit le manager avant de se tourner vers Dimitrios.

Celui-ci prit la tasse de café et remercia d'un hochement de tête. Il n'avait pas quitté Annie des yeux. Elle envisagea un instant de persister dans son refus. Puis elle réalisa qu'il était vain de lutter contre Dimitrios quand il avait une idée dans la tête. Surmontant son malaise, elle laissa les vendeuses s'occuper d'elle.

Elle dut reconnaître que celles-ci étaient des professionnelles hors pair. Le premier vêtement qu'elles lui firent essayer était une magnifique robe jaune citron en lin. Alors qu'elle s'attendait à avoir l'air déguisée, elle découvrit, en contemplant son reflet dans le miroir, qu'elle avait l'air… l'air d'elle-même, quelques années auparavant. Non pas qu'elle ait jamais possédé une robe aussi élégante, mais le vêtement faisait ressortir la fraîcheur de son teint, lui rappelant qu'elle n'avait en fait que vingt-cinq ans. Troublée, elle but une gorgée de champagne sans quitter le miroir du regard.

Ensuite, elle essaya un pantalon blanc tout aussi flatteur. Une robe noire à pois blancs suivit, puis une chemise de soie et une jupe en jean qui mettait ses jambes bronzées en valeur. Une heure passa ainsi dans un foisonnement d'étoffes. Quand elle émergea finalement du salon d'essayage – vêtue de ses vêtements personnels –, sa coupe de champagne était vide et sa résolution avait indéniablement faibli.

— Laisse-moi deviner, dit Dimitrios quand elle l'eut rejoint. Tu as tout aimé, c'est ça ?

C'était vrai, mais acheter toutes les merveilles qu'elle avait essayées lui paraissait toujours aussi absurde.

— J'ai particulièrement adoré la robe jaune, avoua-t-elle. Elle est magnifique.

Elle crut apercevoir une lueur de surprise dans le regard de son compagnon, mais ce fut très fugace.

— Alors porte-la, dit-il. Elle convient tout à fait à notre prochain rendez-vous.

— Quel prochain rendez-vous ?

Malgré la générosité dont il faisait preuve, ses manières autoritaires la heurtaient.

— Dans un institut de beauté.

Devançant le refus qu'elle s'apprêtait à lui opposer, il se pencha vers elle et murmura :

— Laisse-toi tenter. Une seule fois. Pour moi.

Elle comprit soudain que les vendeuses et le manager

ne perdaient pas une miette de leur conversation et se mit au diapason de son « fiancé ».

— Pour toi, mon chéri, je ferais n'importe quoi, dit-elle d'une voix câline.

Il s'inclina davantage, jusqu'à ce que son front touche le sien. La lueur de défi qui brillait dans ses prunelles ardentes la fit chavirer.

— Attention, Annabelle, murmura-t-il. Je pourrais te le rappeler plus tard.

5.

Une fois sa réticence initiale surmontée, Annie prit goût à se laisser dorloter. Elle avait pleinement savouré l'expérience à l'institut de beauté. Après la séance de massage, la manucure et la pédicure, elle avait fini par un rendez-vous chez un des coiffeurs les plus réputés de la ville. Un balayage réchauffait à présent son blond naturel. Ces changements étaient très subtils, mais avec sa robe neuve et sa coupe de cheveux, elle se sentait belle et pleine d'assurance. Elle éprouvait même de la reconnaissance pour Dimitrios qui avait permis cette métamorphose.

Son enthousiasme et sa gratitude retombèrent cependant d'un cran lorsque Henderson dépassa la sortie d'autoroute menant à sa banlieue.

— Ce sont les instructions du boss, l'informa-t-il quand elle lui demanda où ils allaient.

— Mais… Et Max ?

— Un de mes collègues ira le chercher à l'école.

À quoi bon accabler le chauffeur qui exécutait les ordres ? Préférant réserver ses récriminations pour Dimitrios, elle s'enferma dans un silence boudeur jusqu'à leur arrivée à destination. La voiture entra dans le garage souterrain qui portait une grande plaque « Papandreo Towers ». Elle ne desserra pas la bouche tandis que Henderson l'accompagnait dans l'ascenseur. Quand, au dernier étage, les portes s'ouvrirent, le chauffeur ne fit pas mine de la suivre.

— Vous ne venez pas ? demanda-t-elle.

— Non, Annie. Bonne soirée.

Curieusement, elle trouvait désormais sa présence rassurante. Comme elle, c'était une personne ordinaire, pas un milliardaire à la tête d'un empire médiatique. Il représentait un lien avec le monde réel.

Contrairement à Dimitrios Papandreo.

Elle pénétra dans l'appartement qui occupait tout le dernier étage de la tour avec l'impression d'être comme un poisson hors de l'eau. « Grandiose », fut le mot qui lui vint à l'esprit.

D'immenses baies vitrées offraient un panorama spectaculaire sur Sydney. Au centre du vaste salon, un élégant escalier de marbre blanc menait à un étage en mezzanine, où devaient se trouver les chambres. Un piano à queue occupait un coin de la pièce. Des œuvres d'art originales ornaient les murs et la cuisine semblait tout droit sortie des pages de papier glacé d'un magazine de décoration.

Et au milieu de tout cela, parfaitement à l'aise dans ce décor spectaculaire, se tenait Dimitrios. Il avait ôté la veste de son costume, sa cravate ; sa chemise aux derniers boutons ouverts révélait son cou hâlé.

Il était beau comme un dieu, tout simplement. Mais ce n'était pas une raison pour lui pardonner ses manières despotiques. Elle était furieuse contre lui, elle ne devait pas l'oublier. Surtout pas. Car si elle n'y mettait pas le holà, il s'imaginerait qu'il pouvait régenter sa vie.

— Pourquoi m'as-tu fait venir ici ? demanda-t-elle sans ambages.

— C'est ici que nous allons vivre jusqu'à notre mariage.

— Je te rappelle que j'ai déjà un appartement.

Il laissa échapper un soupir excédé.

— J'ai tout arrangé. Ton propriétaire s'est montré compréhensif, au vu des circonstances.

— Tu as parlé avec mon propriétaire ? fit-elle, abasourdie.

De quoi te mêles-tu ? C'est *mon* propriétaire. *Mon* bail. *Mon* appartement.

Il s'avança d'un pas.

— *Mon* fils. *Ma* fiancée. *Ma* responsabilité.

Sa responsabilité. Ce rappel à la réalité fut salutaire. Elle s'aperçut que, l'espace d'une journée, elle s'était imaginé qu'il faisait tout pour qu'elle se sente plus à l'aise dans sa nouvelle vie. Toutefois, elle n'allait pas jusqu'à croire qu'il éprouvait des sentiments pour elle, au-delà de l'affection pour la petite sœur de son ami décédé. Il se sentait moralement responsable d'elle, parce qu'il l'avait abandonnée, livrée à elle-même avec son enfant, pendant sept ans. Il oubliait au passage qu'elle avait sa part de responsabilité dans sa séparation avec son fils.

Un sentiment de culpabilité lui ôta tout esprit combatif.

— D'accord, dit-elle. C'est bon, nous vivrons ici.

— Je m'attendais à plus de résistance, dit-il, visiblement surpris.

— Moi aussi, avoua-t-elle.

— Tes affaires ont été rangées dans ma chambre, à l'étage. La chambre de Max est au bout du couloir. À Singapour, nous aurons beaucoup plus d'espace.

L'absurdité de la remarque la fit éclater de rire.

— Plus d'espace qu'ici ? Comment est-ce possible ? Cet endroit ressemble déjà à un palais !

— Tout est relatif.

Sa belle assurance disparut et elle se sentit de nouveau empotée, déplacée. Afin de se donner une contenance, elle se dirigea vers l'espace dédié à la cuisine, où elle prit la bouilloire sur une étagère pour la remplir d'eau. Faisait-elle ces gestes banals dans l'espoir de s'approprier ce lieu nouveau ? Sans doute.

— Qui est allé chercher Max à l'école ? demanda-t-elle.

— Mon chauffeur et une nurse.

— Une nurse ? Pour quoi faire ?

— Ne me regarde pas comme si j'avais l'intention de te remplacer dans la vie de Max ! Vous allez être confrontés à des changements considérables. Francesca vous aidera à vous adapter.

Le sifflement de la bouilloire amena une interruption bienvenue dans la conversation. Tout allait si vite depuis que Dimitrios avait réapparu dans sa vie. Elle aurait besoin d'être soutenue pendant la période de transition, elle devait le reconnaître.

— Veux-tu une tasse de thé ? demanda-t-elle.

— Je vais me préparer du café.

Pendant un moment, ils s'absorbèrent dans l'accomplissement de tâches domestiques. Comme s'ils vivaient ensemble depuis des années et que ces gestes faisaient partie de leur routine quotidienne.

Quand son thé fut infusé, elle s'appuya contre le plan de travail. Dimitrios resta debout en face d'elle. Sa tasse de café à la main, il la dévisageait.

— La date du mariage a été fixée ? demanda-t-elle pour rompre le silence qui lui mettait les nerfs en pelote.

— Il aura lieu vendredi. Zach sera là. Je sais que tu n'es pas proche de tes parents, mais je suppose que tu voudras les inviter.

La gorge d'Annie se serra.

— Mes parents ? Ils sont à Perth, et nous ici... Je préfère une cérémonie la plus intime et la plus brève possible.

— Un peu comme on arracherait un sparadrap, c'est ça ? demanda-t-il, une lueur amusée au fond des yeux.

— Exactement.

— L'idée de m'épouser te rebute-t-elle à ce point ?

Elle scrutait son visage viril, son cœur battait sourdement dans sa poitrine. Comment expliquer ses réserves sans lui avouer qu'il la troublait terriblement ?

— Disons que tout ceci est très soudain.

— Pour moi aussi, dit-il. Pourtant, ça ne me perturbe pas particulièrement.

Il avait reposé sa tasse de café et franchi la faible distance qui les séparait. Quand il posa les mains sur le comptoir, elle se retrouva prisonnière de ses bras. Les battements de son cœur s'accélérèrent tandis que le souvenir de leur baiser vint la hanter. Malgré elle, son regard fut attiré par sa bouche masculine et ses lèvres s'entrouvrirent imperceptiblement.

— Je sais si peu de choses sur toi, dit-elle.

— Et le peu que tu sais te déplaît… c'est ça ?

Une vague de chaleur s'insinua dans ses veines. Elle aurait voulu que ce soit vrai. Mais la colère qu'elle éprouvait pour lui paraissait un souvenir lointain, à présent. Et quand il était près d'elle, comme en cet instant, il lui semblait qu'ils étaient intimes depuis toujours. Quoi d'étonnant, quand l'unique nuit qu'ils avaient passée ensemble était toujours gravée dans son esprit et dans son corps.

— Tu apprendras à me connaître, dit-il.

— Et à t'apprécier ?

— Cela rendrait notre mariage plus agréable.

Peut-être… Ou peut-être pas. Pour elle, cependant, la difficulté résidait plutôt dans le fait qu'elle l'appréciait trop. Elle devait sans cesse prendre du recul et oublier les sentiments qu'elle avait éprouvés pour lui. C'était le seul moyen de laisser une chance de réussite à ce mariage qu'elle n'avait accepté que dans l'intérêt de Max. Mais les réactions physiques que Dimitrios déclenchait toujours en elle ne l'aidaient pas beaucoup.

— Pour en revenir au mariage… Il aura lieu vendredi, c'est ça ?

Elle avait espéré qu'en réorientant la conversation vers ce sujet, Dimitrios la libérerait, mais il la maintenait toujours prisonnière dans la cage de ses bras.

— Oui, dans la matinée. Nous nous envolerons pour Singapour après le déjeuner.

— Si tôt ?

— Pourquoi attendre ? À moins que tu veuilles sacrifier à la tradition de la lune de miel ?

Certainement pas ! L'idée de « lune de miel » éveillait exactement le genre d'images qu'elle cherchait à étouffer. Elle secoua la tête. Le sourire moqueur de Dimitrios accrut son embarras.

— Aurais-tu peur de moi, Annabelle ?

Du bout des doigts, il attrapa son menton et il l'obligea, tout en douceur, à soutenir son regard, comme s'il voulait lire la vérité dans ses yeux.

— Pas du tout.

Il était si proche que son souffle tiède effleura son visage quand il parla, et la fit frémir.

— C'est curieux, quand je t'ai embrassée, ce matin, j'ai eu l'impression que le temps s'était arrêté et que rien n'avait changé.

C'était exactement ce qu'elle-même avait ressenti !

— Nous avons joué un rôle, c'est tout.

— Non, c'était plus que cela. N'essaie pas de me faire croire que tu n'as pas ressenti la même chose. Comme tu le faisais remarquer, nous nous connaissons à peine. Mais nos corps sont à l'unisson, et ce n'est pas rien. À mon avis, c'est un bon début pour un mariage.

— Je n'ai pas l'intention d'éprouver quoi que ce soit pour toi, dit-elle posément.

— Pourquoi ?

Il effleurait de son pouce la lèvre inférieure d'Annie et ce simple contact attisait son désir.

— Parce que, répondit-elle.

Un petit sourire – amusé ou cynique, elle n'aurait su le dire – étira ses sublimes lèvres viriles.

— Tu es toujours fâchée contre moi à cause de ce que je t'ai dit il y a sept ans ?

— Je ne suis plus en colère. Mais j'ai retenu la leçon.

— Quelle leçon ?

— À jouer avec le feu, on se brûle inévitablement.

— C'est moi, le feu ?

— Pour moi, tu l'étais, oui.

— Et je t'ai brûlée ?

À chaque parole qu'il prononçait, il s'inclinait un peu plus et ses lèvres n'étaient plus à présent qu'à quelques millimètres des siennes. Elle avait un mal croissant à aligner deux pensées cohérentes.

— Tu m'as ouvert les yeux, et tu m'as appris à ne pas tout prendre pour argent comptant. Je pensais que tu attendais plus de moi que… le sexe. Mais tu n'avais pas envie de *moi*. N'importe quelle femme aurait fait l'affaire.

En guise de réponse, il se plaqua contre elle et elle sentit son érection contre son ventre. Happée par la vague de sensualité qui les enveloppait, elle dit la première chose qui lui vint à l'esprit pour rompre le charme.

— Et tu avais une petite amie.

— Non. J'ai dit ça pour être sûr que tu recevrais le message. Nous n'avions pas d'avenir ensemble. À l'époque, j'étais persuadé qu'en agissant ainsi je te protégeais.

— Tu m'as menti ? demanda-t-elle, abasourdie.

L'expression de Dimitrios était indéchiffrable.

— Et ce mensonge m'a coûté cher. Si je ne t'avais pas fait croire que j'avais une petite amie, tu aurais peut-être essayé de me revoir pour m'annoncer que tu étais enceinte.

Elle s'agrippa à sa chemise pour ne pas vaciller sous le choc de cette révélation. Elle voulut d'abord le repousser, mais la chaleur qui émanait de lui l'envahit et lui communiqua sa force.

— J'ai essayé de te prévenir, avoua-t-elle.

« J'ai essayé de te prévenir. » Était-ce une excuse qu'elle inventait pour se dédouaner ? Pour se justifier de lui avoir caché l'existence de son fils ?

— Quand j'ai découvert que j'étais enceinte, je suis venue te voir, mais… je t'ai trouvé au milieu de tes amis… Il y avait une femme, ta petite amie… Et je n'ai pas pu. J'ai pris conscience que tu étais tellement différent de moi. Tu semblais vivre dans un univers à des années-lumière du mien, et de mon milieu. J'étais effrayée, embarrassée et je redoutais ta réaction.

— Où était-ce ? demanda-t-il, la gorge nouée.

— Dans un bar. J'avais vu dans un journal que tu serais à l'inauguration parce que tu avais investi dedans.

Il s'en souvenait parfaitement. C'était un endroit sur Circular Quay.

— Je regrette de ne pas te l'avoir dit à ce moment-là.

Sa sincérité toucha une corde sensible en lui. Le peu de rancœur qu'il ressentait encore pour elle se dissipa complètement.

— Tu étais très jeune, dit-il.

— C'est ce que tu m'avais reproché, en effet.

Il avait eu tort de se montrer aussi dur avec elle, il le reconnaissait à présent. Mais un puissant sentiment de culpabilité avait brouillé son jugement. Il s'en voulait terriblement d'avoir couché avec la jeune sœur de Lewis. Ce ne serait jamais arrivé si son ami avait vécu. Lewis l'aurait tué. Il adorait « Annie », comme il l'appelait ; il parlait souvent d'elle. Dimitrios savait que la jeune fille s'était entichée de lui, et n'avait jamais eu l'intention de l'encourager. Alors pourquoi diable était-il allé chez elle, ce soir-là ? Pourquoi l'avait-il attirée dans ses bras dès le pas de la porte et pourquoi l'avait-il embrassée jusqu'à effacer de son esprit toute pensée de Lewis, de mort et de tristesse ?

— Quand je t'ai vu avec cette femme, ça m'a… blessée.

Je sais que je n'avais aucun droit sur toi, mais… j'étais jalouse.

Sans doute embarrassée par cet aveu, elle avait baissé les yeux. Il prit son visage entre ses mains et lui fit relever la tête.

— J'étais ton premier amant, dit-il. C'est normal que tu aies ressenti quelque chose quand tu m'as vu avec une autre, si peu de temps après cette nuit.

Les lèvres d'Annabelle frémirent, comme si elle se retenait de pleurer.

— J'ai d'abord pensé que l'arrivée d'un enfant ruinerait ta vie. Puis j'ai eu peur que tu me l'enlèves. J'étais seule, sans personne pour me conseiller. Plus le temps passait, plus j'étais convaincue que j'avais pris la bonne décision. Jusqu'au jour où Max est né… Il te ressemblait tellement, Dimitrios. Tout bébé, il avait déjà les mêmes yeux que toi.

La voix d'Annabelle était voilée par l'émotion.

— J'ai voulu te l'annoncer à ce moment-là. J'ai même décroché le téléphone… Puis je me suis souvenue de tes paroles. Je n'ai pas voulu garder le secret pour te punir, ne crois pas cela. Mais je pensais que tu me haïssais. Et si tu haïssais aussi notre bébé ? Ou si tu me haïssais encore davantage pour l'avoir gardé ? La seule solution qui me restait était de ne pas t'en parler et de l'élever toute seule.

Une larme glissait le long de la joue d'Annabelle.

— Je suis tellement désolée de ce que je t'ai fait… De ce que je vous ai fait à tous les deux.

— Ne sois pas désolée, dit-il d'une voix émue. Tu ne me dois aucune excuse. Je t'en ai voulu quand je l'ai découvert, mais comment pourrais-je t'en vouloir maintenant que je sais ce que tu as traversé ?

Poussé par le besoin de la réconforter, il effleura ses lèvres humides d'un baiser.

— C'est moi qui suis à blâmer, dit-il. J'ai eu tort de venir chez toi ce soir-là, tort de te repousser aussi brutalement, même si c'était pour ton bien. J'ai eu tort de ne pas reprendre contact avec toi ensuite.

Tout en parlant, il cueillit de nouveau le visage d'Annabelle entre ses mains et l'attira à lui.

— Je suis désolé, murmura-t-il contre ses lèvres.

Elle laissa échapper un sanglot, qu'il étouffa sous un baiser. D'abord doux et langoureux, comme s'il lui présentait ainsi ses excuses. Mais quand elle entrouvrit les lèvres, quelque chose au plus profond de lui s'éveilla et, presque malgré lui, il approfondit son baiser. Il la souleva pour l'asseoir sur le plan de travail puis, cédant à l'envie qui le taraudait depuis l'instant où il l'avait revue, il caressa la courbe si féminine de ses hanches ; ensuite il laissa ses mains glisser vers ses fesses, dont il savoura la rondeur exquise. Il n'avait pas rêvé l'étincelle qui avait jailli entre eux ce matin dans la boutique et qui, à présent, s'était muée en un brasier sensuel !

Annabelle n'était pas en reste. Sans cesser de l'embrasser, elle entreprit de défaire les boutons de sa chemise, dont elle repoussa fébrilement les pans. Un frisson délicieux le parcourut quand elle posa les mains sur sa taille, puis qu'elle caressa son ventre, ses pectoraux, avant de glisser voluptueusement les doigts dans la toison qui recouvrait sa poitrine.

Comme sept ans auparavant, la force du désir qu'elle éveillait en lui le désarçonna, mais pas plus qu'alors il ne songea à lui résister. Il la souleva et enroula ses jambes fuselées autour de sa taille et, sans interrompre leur baiser, il quitta la cuisine pour l'emmener dans l'intimité de son bureau.

Là, il se dirigea vers le vaste sofa blanc, où, la tenant toujours enlacée, il se laissa tomber avec elle. En proie à une fièvre sensuelle, il retroussa sa robe d'une main tremblante. Quand il la lui eut ôtée complètement, il s'écarta pour la contempler.

Il avait besoin de redécouvrir ce corps qu'il n'avait pas

été en état d'apprécier complètement le soir où ils avaient fait l'amour. Il en gardait suffisamment le souvenir pour déceler de légers changements. Ses seins étaient plus ronds, par exemple. Et ses hanches avaient pris une plénitude toute féminine. Il posa une main possessive sur chaque globe voluptueux et il se remit à l'embrasser, tout en taquinant les bourgeons hypersensibles qui durcirent sous ses doigts. Il eut la satisfaction de l'entendre gémir sous ses caresses.

Lui-même n'en menait pas large quand elle glissa les mains sous la ceinture de son pantalon pour planter les ongles dans la chair de ses fesses et l'attirer à elle.

— Trop de vêtements, dit-elle, le souffle court.

— Beaucoup trop, fit-il avec un rire rauque, égayé par l'appétit sans fard qu'elle avait de lui.

D'un bond, il se leva et entreprit de se déshabiller. Puis il l'aida à se débarrasser de ses sous-vêtements. Quand elle fut nue, il la contempla avidement. Elle était sublime et il eut l'intuition qu'il ne se lasserait jamais de regarder ses seins fermes et pleins, les délicieux boutons roses de leurs aréoles. Il la découvrait aujourd'hui dans toute la splendeur de sa féminité et il aspirait plus que tout au monde à la faire sienne.

Pour la seconde fois de son existence, il était sur le point de se laisser contrôler par un désir irrésistible. Et cette fois encore, c'était Annabelle qui avait cet effet sur lui.

Elle lui avait rappelé les mots terribles qu'il avait prononcés et qu'elle n'avait apparemment pas oubliés. « N'importe quelle femme aurait fait l'affaire. » Il comprenait à présent que c'était faux. C'était Annabelle qu'il voulait, cette nuit-là. Tout comme il la voulait maintenant. Pourquoi avait-elle ce pouvoir sur lui ? Il n'en savait rien, mais c'était un fait. Cela ne le dégageait toutefois pas de ses responsabilités envers elle. Bien au contraire.

Au prix d'un effort surhumain, il s'écarta.

— Annabelle, je pense que nous ferions mieux d'attendre d'être mariés.

— Tu te moques de moi ! Quelle différence ça fera ?

Visiblement frustrée et déçue, elle se leva.

Il se redressa à son tour et la rejoignit. Mais avant qu'il puisse s'approcher, elle lui signifia d'un geste de ne pas faire un pas de plus.

— Non, dit-elle. Ne me touche pas. Explique-moi plutôt pourquoi tu ne veux pas coucher avec moi.

Les circonstances ne prêtaient pas à sourire, mais il eut une moue ironique.

— J'ai l'air de ne pas avoir envie de toi ? dit-il en désignant son érection.

Elle baissa les yeux vers son sexe gonflé de désir et rougit. Son trouble fit monter d'un cran l'excitation de Dimitrios. Mais il ne dévia pas de sa résolution.

— Annabelle… Il y a sept ans, je me suis comporté comme un parfait égoïste et, à cause de moi, ta vie a été bouleversée. Si nous faisons l'amour maintenant, tu risques de le regretter et tu me reprocheras d'avoir profité de toi.

— Mais… c'est toi qui disais que tu voulais un vrai mariage.

— Et c'est vrai, dit-il en se frottant nerveusement la mâchoire. Je veux que nous trouvions un terrain d'entente et le fait que l'alchimie entre nous fonctionne toujours aussi bien me semble un signe encourageant. Mais toute cette situation t'a perturbée et je ne vais pas profiter de ce qui n'est peut-être qu'un moment d'égarement.

Sans tenir compte de la main qu'elle levait pour protester, il s'approcha et entrelaça leurs doigts.

— Je te veux, Annabelle. Il n'y a pas de mots pour exprimer à quel point j'ai envie de toi, alors crois-moi quand je te dis qu'il a fallu toute la force de ma volonté pour m'éloigner de toi. J'ai fait aujourd'hui ce que je n'ai pas réussi à faire il y a sept ans.

— Tu le regrettes donc tant que ça ? demanda-t-elle avec une expression meurtrie qui prouvait qu'elle avait mal interprété ses paroles.

— Oui, dit-il. Mais pas pour les raisons que tu crois. Cette nuit-là a été fantastique, et j'avais envie de toi. Mais j'aurais dû comprendre que nous étions mal assortis. Tu étais tellement belle, mais aussi tellement innocente. Si inexpérimentée et si naïve. Pour moi, cette nuit-là ne représente que du sexe. Alors que pour toi… Qu'était-ce ? De l'amour ?

Elle tressaillit, et il eut mal pour elle.

— Ça n'a aucune importance aujourd'hui.

— Détrompe-toi. Si nous comptons de nouveau faire l'amour ensemble, nous devons d'abord fixer des limites claires. Je ne te ferai plus souffrir, Annabelle. J'ai regretté ce que je t'ai fait pendant sept ans.

Pourquoi le regardait-elle comme s'il était le dernier des salauds ? Ne voyait-elle pas le sacrifice qu'il faisait ? Tout son corps hurlait de désir pour elle, ne le comprenait-elle donc pas ?

— Il y a sept ans, je pensais que tu te souciais de moi, dit-elle. J'étais stupide et naïve, comme tu viens de le dire.

— Je me souciais vraiment de toi, Annabelle. C'est justement pour cette raison que je t'ai repoussée. Je ne voulais pas que tu perdes ton temps à fantasmer sur moi.

— Ne t'inquiète pas pour ça. Ce n'est pas sur toi que je fantasmais, mais sur un personnage imaginaire que j'avais créé et qui n'était pas toi. Je me faisais des films à ton sujet, comme une adolescente stupide. Mais c'est fini maintenant.

Cette affirmation, au lieu de le rassurer, le contraria. Mais c'était sans doute une simple question d'ego.

— J'ai compris que je ne représentais rien de plus qu'une aventure d'un soir pour toi. J'ai pris conscience que mes attentes étaient complètement irréalistes, comparées à ce que tu pouvais m'offrir. Et aujourd'hui, je sais quelles sont les « limites », comme tu dis. Je comprends que le sexe est probablement la seule chose que nous ayons en commun.

— Et tu t'en contenteras ? demanda-t-il d'une voix volontairement dénuée d'émotion.

Elle poussa un soupir. Cette réponse lui suffit. Il revint vers elle et ne put se retenir d'effleurer son bras nu, qui frissonna sous sa caresse.

— Mais je reste convaincu qu'il vaut mieux que nous prenions notre temps, dit-il. Et ne t'inquiète pas, je ne te laisserai pas tomber.

6.

Émerveillée malgré elle, Annie fit courir une main sur les rangées de vêtements de marque accrochés aux cintres de l'immense dressing dont la superficie dépassait celle de son appartement. Elle ouvrit au hasard un tiroir sur des sacs à main sublimes, soigneusement rangés.

Tout cela pour elle !

Tout ce qu'elle avait essayé – et aimé – dans la matinée était là. Et bien d'autres choses encore. C'était comme si quelqu'un avait retenu ses remarques les plus anodines pour constituer son vestiaire de rêve. Tout y était, du plus décontracté – jeans et pantalons de yoga – au plus sophistiqué et glamour. Des robes de soie fluides, et même deux robes de soirée, ainsi que des tailleurs-pantalons et des chemisiers à la coupe impeccable.

Toutes les étiquettes de prix avaient disparu, ce qui la fit sourire. Dimitrios avait compris que si elle avait pu estimer la valeur exacte de cette garde-robe fabuleuse, elle l'aurait obligé à tout rapporter à la boutique.

Son premier réflexe fut d'aller le remercier et de le gronder gentiment, mais la passion qui avait explosé entre eux l'empêchait à présent de se comporter de façon spontanée avec lui.

Quand Max était arrivé, elle s'était consacrée à lui, veillant à ce qu'il s'adapte en douceur au changement spectaculaire de sa vie. Heureusement, il avait les pieds sur terre et prenait tout cela avec philosophie. Au lieu de l'intimider, les nouveaux aspects de sa vie éveillaient sa curiosité. L'idée d'avoir une nurse lui paraissait intéressante. Et en découvrant gigantesque sa chambre, il s'était surtout extasié d'y retrouver ses livres et son petit train.

Dimitrios avait commandé des hamburgers pour le dîner, que Max avait mangé avec un bel appétit. L'homme d'affaires ne cachait pas la fierté que lui inspiraient la vitalité et la vivacité de son fils. Annie les avait observés bavarder et plaisanter avec un sentiment de tristesse – à la pensée du temps qu'ils avaient perdu à cause d'elle – et de joie mêlées car, de toute évidence, il n'était pas trop tard pour construire une véritable relation père-fils.

C'était ce qui justifiait tout ce qu'ils faisaient. Et quels que soient les sacrifices que cela impliquait pour Dimitrios et elle, cela en valait la peine.

Quant à leur relation personnelle, peut-être avait-il raison. Peut-être valait-il mieux attendre un peu avant de faire l'amour.

Faire l'amour avec Dimitrios ! Que s'était-il passé pour qu'elle envisage ce qui, la veille encore, lui paraissait impensable ? Aujourd'hui elle devait reconnaître qu'il l'attirait toujours autant. Allait-elle arriver à résister à son magnétisme animal ?

Avait-elle envie de résister ?

Une chose était sûre : elle ne voulait pas souffrir de nouveau. Elle n'était cependant plus aussi naïve ni vulnérable qu'autrefois. Échaudée par la façon dont il l'avait plaquée, elle avait révisé sa conception du sexe. Ce n'était dorénavant pour elle rien de plus qu'un acte purement physique, sans signification. Ils se désiraient toujours, c'était indéniable, mais cela ne voulait pas dire que leurs sentiments entraient en jeu. Il s'agissait de passion à l'état pur. Cela ne les empêcherait pas de développer un respect mutuel et de l'amitié.

Et l'amour ? As-tu oublié les contes de fées et leurs

dénouements heureux ? Elle devait s'y résigner : tout cela n'était que des enfantillages ridicules.

Pleine de résolution, elle quitta la chambre pour rejoindre Dimitrios et le remercier pour la garde-robe. Elle eut la surprise de le découvrir dans la chambre de leur fils. L'heure du coucher de Max était dépassée depuis une demi-heure. Dimitrios avait dit qu'il se chargeait de le coucher et, Max n'ayant pas insisté pour que sa mère le borde, elle avait accepté.

Elle ralentit en approchant de la porte. La voix grave de Dimitrios lui parvint comme une caresse et ses bras se couvrirent de chair de poule. Elle résista à l'envie de passer la tête à l'intérieur, par crainte de les interrompre.

— Celle-là, c'est quand j'étais un petit garçon, à peine plus âgé que toi.

— C'est arrivé comment ?

— Avec mon frère – ton oncle Zach –, nous adorions aller à The Rocks, pas loin d'ici. Il y a un vieux pont à côté d'un escalier. On l'escaladait, avant de sauter en prétendant qu'on volait. Mais évidemment, on ne savait pas voler. Je me suis fait cette cicatrice au bras en tombant sur le trottoir. Ma mère n'était pas très contente.

Il y eut un silence et elle essaya d'imaginer l'expression de Max. N'y tenant plus, elle passa la tête à l'intérieur de la chambre. Son cœur s'ouvrit en deux à la vue de Dimitrios assis sur le lit à côté de Max. Le bras gauche de Max était sorti de dessous la couverture ; sans doute sa cicatrice, consécutive à une chute de trottinette quand il avait deux ans, avait-elle provoqué cette conversation.

— C'est ma grand-mère ? Elle habite où ?

— Ici, à Sydney, répondit Dimitrios d'une voix parfaitement neutre.

— Je vais la rencontrer ?

— Oui, au mariage.

— Elle n'habite pas avec toi ?

— Non. Je vis à Singapour, tu te souviens ?

— Ah oui, c'est vrai.

Max s'absorba un instant dans ses pensées.

— Ma maman me manquerait, si elle n'habitait plus dans la même maison que moi, dit-il finalement.

Une sorte de sixième sens dut alerter Dimitrios car, à cet instant précis, il leva la tête et la vit.

— Ne t'inquiète pas pour ça, dit-il. Tu vas être coincé avec ta mère et moi encore pour un bon bout de temps.

Il avait souri en disant ces mots et elle ne put que lui retourner son sourire. Mais aussitôt, l'émotion la submergea. Elle recula dans le couloir pour ne pas éclater en sanglots. La naissance de cette relation père-fils la bouleversait. Jamais elle n'aurait cru assister à un moment aussi beau, aussi magique.

— Maintenant, il est l'heure de dormir, Max. Je n'avais pas réalisé qu'il était si tard.

Une note affectueuse adoucissait l'autorité naturelle de la voix de Dimitrios. Max bâilla.

— OK, Dimitrios, répondit-il sagement.

Le cœur d'Annie se serra. Bientôt, il l'appellerait « papa ».

Puis Dimitrios sortit de la chambre et ils se retrouvèrent face à face. Le sourire indulgent qui irradiait le visage de Dimitrios la fit fondre. Sur un accord tacite, ils s'éloignèrent de la chambre de Max avant de parler.

— Tu sais t'y prendre avec les enfants, dit-elle.

— Plusieurs de mes amis proches ont des enfants. J'ai passé pas mal de temps avec eux. Ça a l'air de te surprendre…

Elle lui adressa un sourire mélancolique.

— J'imaginais sans doute que tu menais la même vie que quand tu avais vingt ans. Les fêtes, les amis, les soirées…

— Je n'ai jamais vraiment été un fêtard, Annabelle. Contrairement à Zach. Généralement, je rentrais étudier ou travailler après le premier verre.

Elle haussa les épaules pour signifier que cela lui importait peu, mais posa une question qui démentait cette indifférence.

— Mais les journaux…

— Oui, je sais… La presse à scandale raffole des jumeaux Papandreo.

— Et apparemment de moi aussi, à présent.

Elle se mordilla nerveusement la lèvre en se rappelant l'article humiliant de la veille.

— C'est pour ça que tu m'as emmenée acheter des vêtements ce matin, n'est-ce pas ? demanda-t-elle en lui posant une main sur l'avant-bras. À cause de cet article qui me décrivait comme insignifiante et mal fagotée ?

La mâchoire de Dimitrios se crispa, il aurait de toute évidence volontiers étranglé l'auteur de l'article.

— J'ignorais que tu l'avais lu, dit-il. Tu n'es pas contrariée ?

— Bof. Ce n'est pas très flatteur, mais je ne me faisais pas d'illusion. Je sais qui je suis et qui tu es. Cet article s'approche sans doute plus de la réalité que l'histoire de notre « folle romance » que tu as laissée filtrer.

— Tu n'es pas mal fagotée.

— C'est vrai. Surtout depuis que tu m'as habillée de pied en cap comme une malheureuse Cendrillon, dit-elle en riant.

Elle se remit en marche, mais ce fut lui qui la retint en posant une main sur son poignet.

— Je n'ai jamais pensé que tu étais mal fagotée. Si j'ai estimé nécessaire de renouveler ta garde-robe, c'est parce que ton manque d'argent faisait de toi une cible facile pour ce type de journaux. Je n'ai pas aimé que tu sois dénigrée comme ça. Je ne veux pas que Max entende des choses pareilles sur sa mère.

Ah… Max. Bien sûr. Quand admettrait-elle que la générosité et la prévenance de Dimitrios étaient dictées par Max ? C'était d'ailleurs naturel. Et bien qu'il n'ait pas fait allusion à Lewis, la promesse faite à son frère entrait aussi en jeu.

Elle sourit, mais le cœur n'y était pas, cette fois.

— En tout cas, je tenais à te remercier. C'est très généreux de ta part.

Il la dévisagea un long moment et son regard indéchiffrable provoqua une vague d'émotions en elle.

— La générosité n'a rien à voir là-dedans. Tu vas être ma femme. Tout ce qui est à moi t'appartient.

— Aussi longtemps que nous resterons mariés, fit-elle du tac au tac sur le ton de la plaisanterie. Mais je vais avoir besoin d'un peu de temps pour m'y habituer, si je m'y habitue un jour. Et quoi qu'il en soit, je te suis reconnaissante de faire ton possible pour que je me sente à l'aise dans ton univers.

Ils étaient revenus dans le salon et il avait ouvert un décanteur. Il remplit deux verres d'un liquide ambré et lui en tendit un. Les effluves d'une douceur de miel lui chatouillèrent agréablement les narines. Elle balaya la vaste pièce d'un geste de la main.

— Tout ceci… Il y a moins d'une semaine, je refaisais mes comptes dans tous les sens pour voir comment acheter à Max ce qu'il voulait pour Noël. C'est pour ça que les derniers mois ont été difficiles. Il comprend tout et je faisais l'impossible pour qu'il ne se doute pas à quel point notre situation financière était dramatique. Je ne voulais pas qu'il renonce de lui-même à des jouets que ses copains auront pour m'éviter des angoisses. Oh ! il ne demande rien d'extravagant, mais pour moi, même les choses les plus ordinaires sont difficilement abordables. Alors, oui, je vais avoir besoin de temps pour m'habituer à tout ceci.

— Qu'a-t-il demandé pour Noël ?

— Une voiture téléguidée et une locomotive à moteur pour son train électrique ; il veut s'asseoir et le regarder tourner en boucle. Comment dire… ? C'est un gamin qui aime les moteurs.

Les yeux de Dimitrios s'illuminèrent.

— Tu n'as plus besoin de t'inquiéter de ce genre de choses maintenant.

— Mais je ne veux pas qu'il soit outrageusement gâté, dit-elle aussitôt.

— Bien sûr. Moi non plus.

Il but une gorgée de whisky, puis, posant une main dans le creux de son dos, l'invita à passer sur la terrasse. Ce geste n'avait rien de déplacé, mais il raviva les souvenirs encore brûlants de leur « moment d'égarement ». Et le cadre se prêtait aux divagations romantiques. La nuit était magnifique, les étoiles scintillaient dans le ciel au-dessus de Sydney, l'Opéra brillait comme une perle sous le clair de lune.

La situation avait un côté irréel. Pourquoi se comportaient-ils comme si être ensemble était la chose la plus naturelle du monde ? L'aisance dont ils faisaient preuve l'un avec l'autre la surprenait.

— À quoi ressemble Noël chez vous ? demanda Dimitrios.

Ils s'étaient assis sur un banc pour profiter du panorama.

— Nous allons à l'église le matin et, en rentrant, Max ouvre ses cadeaux. J'arrive généralement à économiser suffisamment pour qu'il en ait deux ou trois. Des petites choses. Mes parents envoient aussi un cadeau, mais c'est plutôt quelque chose d'utile, comme des vêtements. Ils savent qu'il grandit à toute vitesse. Puis je prépare un repas de fête pour midi. Des plats que nous ne mangeons pas le reste de l'année. Du saumon, ou de la dinde. Ensuite nous regardons un film en mangeant le pudding. Rien d'extraordinaire, un Noël normal, en quelque sorte.

Elle avait gardé le regard fixé au loin, mais se tourna alors vers son compagnon et lui sourit.

— Je suppose que « normal » est un terme très relatif. Tes Noëls sont sans doute très différents.

Il lui rendit son sourire.

— En fait, Noël est plutôt calme chez nous. Zach déteste cette période depuis toujours, et maman reçoit les enfants de son mari, qui l'adorent. Alors elle ne nous reproche jamais de ne pas venir chez elle pour fêter Noël en famille.

Une pensée frappa Annie comme la foudre. Elle avait toujours considéré que Dimitrios vivait dans une sorte de bulle coupée de tout. L'idée ne lui avait jamais traversé l'esprit que sa décision de cacher l'existence de Max à Dimitrios se répercuterait sur d'autres membres de sa famille. Zach et leur mère auraient peut-être aimé connaître le fils de Dimitrios.

— Ta mère est fâchée contre moi parce que je l'ai privée de son petit-fils ? demanda-t-elle.

— Non.

— Comment est-ce possible ? Après ce que tu as perdu, et ce qu'elle a perdu ?

— Parce que je vais t'épouser, et qu'elle n'est pas du genre à me reprocher mon choix d'épouse.

— Tu veux dire qu'elle a peur de toi ?

— Pas du tout. Elle sait qu'une fois que j'ai pris une décision je m'y tiens, quoi qu'il advienne. À quoi lui servirait-il de vouloir me faire changer d'avis ? Mais pourquoi cette question ? Tu as l'air déçue qu'elle ne t'en veuille pas.

— D'une certaine manière, c'est vrai. Je pense probablement le mériter.

— Pourquoi ? Tu as essayé de me parler de Max. Et tu as fait d'immenses sacrifices pour élever notre fils. J'aurais aimé que les choses aient été différentes entre nous, mais après la façon dont je t'ai traitée, je ne peux m'en prendre qu'à moi-même.

— Tu es tellement compréhensif…

— Je ne suis pas un monstre. Même si je suis conscient que tu as pu penser le contraire.

— Reconnais que tu as été très brutal, ce matin-là.

Il acquiesça d'un hochement de tête.

— Je n'arrive pas à croire que nous allons nous marier dans deux jours, reprit-elle.

— Tu penses toujours que c'est une mauvaise idée ? demanda-t-il.

Sans se laisser démonter par l'intensité de son regard, elle soupesa longuement la question. Elle se rappela l'attitude de Dimitrios avec Max. Les paroles de son fils affirmant qu'il voulait vivre toute la vie avec sa mère, et elle secoua la tête.

— Non, je suis convaincue que nous avons pris la bonne décision, dit-elle. Max en vaut la peine.

— Oui, il en vaut la peine, répondit-il en soutenant son regard.

7.

— Tu as l'air nerveuse.

Annabelle leva les yeux vers Dimitrios, puis se détourna pour fixer le paysage qui défilait derrière la vitre de la limousine. La nervosité qui tendait ses traits n'ôtait rien à sa beauté. Depuis le matin, il ne se lassait pas de la regarder. Sa chevelure blonde artistiquement coiffée mettait en valeur l'ovale parfait de son visage. Pour le mariage elle avait porté une robe de dentelle qui épousait ses courbes féminines, mais après le décollage elle s'était démaquillée et changée. Sa nouvelle tenue était certes moins glamour que sa robe de mariée, mais tout aussi seyante. Aucun journaliste malveillant ne s'aviserait de la trouver mal fagotée. Sur sa silhouette mince et merveilleusement proportionnée, un simple débardeur noir en lin et un pantalon de soie assorti avaient une allure incroyable.

— La journée a été assez chargée, dit-elle.

La matinée s'était effectivement déroulée dans un tourbillon. Une brève cérémonie à la mairie, puis le déjeuner avec la famille de Dimitrios et quelques amis très proches susceptibles de plaire à Annabelle, et enfin ils s'étaient envolés pour Singapour à bord de son jet privé.

En posant le pied sur le tarmac de l'aéroport, ils avaient été cernés par l'air nocturne, humide et chaud. Max n'avait pas semblé incommodé mais Annabelle s'était éventée avec un magazine jusqu'à la limousine, où elle avait réglé la climatisation au maximum. Malgré la fraîcheur, Max s'était endormi dès que la voiture avait démarré.

— Tu t'en es très bien sortie, dit-il.

Elle se tourna vivement vers lui, visiblement surprise par son compliment. N'était-elle donc pas consciente qu'elle s'était montrée à la hauteur ? Surmontant son appréhension à l'idée de revoir Zach et de rencontrer sa mère, elle s'était montrée charmante et elle les avait conquis par sa spontanéité et son humour.

Il l'avait observée tout au long de la journée ; rien dans son attitude ne laissait deviner les termes inhabituels de leur mariage. Aux yeux de l'extérieur, ils ressemblaient à un couple d'amoureux ordinaires.

Zach, qui connaissait la position de Dimitrios concernant le mariage, eut la politesse de ne pas s'étonner de ce revirement le jour de la cérémonie.

En effet, Dimitrios avait juré, il y avait bien longtemps, que l'amour ou le mariage n'étaient pas faits pour lui. Il avait vu ce que « l'amour » avait rapporté à leur mère et cet exemple lui avait servi de repoussoir. Avec les années, cependant, le revers de la médaille du célibat lui était apparu. L'absence d'enfants. Mais, parce que cela impliquait de se marier, il avait renoncé à poursuivre sa lignée.

Raison pour laquelle cette union était parfaite à ses yeux. Annabelle était arrivée avec tous les composants d'un mariage qu'il puisse accepter. Elle était intelligente, il la désirait, et elle lui avait déjà donné un fils. Selon toute probabilité, ils auraient d'autres enfants un jour. Oui, il était satisfait de ce dénouement, et cette fois-ci il avait pris soin de ne pas piétiner les sentiments qu'elle pouvait éprouver.

Parfaitement détendu, il étira son bras le long du dossier de la banquette de cuir. Ses doigts n'étaient qu'à quelques millimètres de la peau nue de ses épaules si féminines. Était-elle troublée par sa proximité ? Toujours est-il qu'elle baissa les yeux. Il eut soudain envie de l'embrasser, mais il se ressaisit. Il devait surmonter cette impulsion. Il s'était promis de ne pas profiter de sa vulnérabilité. Il lui laisserait le temps de s'habituer à sa nouvelle vie.

— C'est vrai que je suis nerveuse, dit-elle enfin. C'est comme si je prenais seulement maintenant conscience que c'est ici que nous allons vivre, dorénavant. Et si je ne m'y habituais pas ?

— Alors nous déménagerons à Sydney.

Il avait répondu sans réfléchir, mais à sa grande surprise il pensait ce qu'il disait. Il était prêt à quitter Singapour si Annabelle ne s'y adaptait pas. Après tout, n'avait-elle pas accepté de tout abandonner pour le suivre ? Pourquoi serait-ce différent pour lui ?

— Je pense que tout dépendra de Max. S'il s'adapte, s'il est heureux dans sa nouvelle école, alors je suis sûre que je serai heureuse aussi.

Il admirait sa détermination. Elle qui était réticente au début, elle ferait en sorte que leur mariage soit un succès.

— Pourquoi as-tu décidé de vivre à Singapour ? demanda-t-elle quand la voiture bifurqua vers Ocean Drive.

— Nous avons passé beaucoup de temps ici, à l'adolescence. Je m'y sens autant chez moi qu'en Australie. Quand, il y a quelques années, nous avons lancé notre groupe de télévision et que nous avons racheté plusieurs grands titres, je suis revenu ici. La situation géographique est idéale pour se rendre n'importe où dans le monde. Zach aussi y passe la moitié de l'année.

— Ça m'a fait plaisir de le revoir. Il n'a pas changé.

— Non.

Dimitrios éclata de rire, mais avec une pointe d'inquiétude. Une inquiétude dont il ne parlait jamais. Il éprouva pourtant le besoin de se confier à Annabelle.

— Pour être honnête, quand le journaliste m'a envoyé la photo de Max, j'ai tout de suite pensé que Zach était le père.

Un petit sourire incurva les lèvres d'Annabelle. Le premier depuis qu'ils étaient montés à bord de l'avion.

— Pourquoi ? demanda-t-elle.

— Disons que… les rumeurs à mon sujet sont largement exagérées.

— Tu veux dire que tu ne changes pas de femme comme de chemise ?

Malgré la voix parfaitement neutre avec laquelle elle avait posé la question, l'intensité de son regard incita Dimitrios à la prudence. Elle ne devait surtout pas se faire des idées sur ce qu'elle pouvait attendre de lui.

— Je ne prétends pas être un moine. J'ai eu des petites amies. Mais je suis prudent. Tu es la seule femme avec qui j'ai complètement perdu le contrôle. Zach est plus… insouciant. Si une femme devait accidentellement tomber enceinte de l'un de nous, j'aurais parié sur lui.

Annabelle s'apprêtait à répondre, mais aucun son ne franchit ses lèvres. Son attention sembla soudain accaparée par quelque chose derrière l'épaule de Dimitrios. La limousine avait ralenti pour franchir le portail monumental ; elle venait d'apercevoir la maison au bout de la longue allée bordée d'arbres centenaires.

Il voulut effacer son air soucieux, lui insuffler du courage. Oubliant toute prudence, il se pencha et déposa un baiser sur ses lèvres. Cela aurait dû être un baiser bref mais, à l'instant où leurs lèvres se touchèrent, une décharge d'adrénaline explosa dans ses veines. Il se rapprocha d'elle et, la plaquant contre le dossier, l'embrassa jusqu'à ce qu'elle s'agrippe au col de sa chemise en laissant échapper ces petits soupirs qui le rendaient fou.

La portière de la limousine s'ouvrit, l'obligeant à interrompre leur baiser et lui arrachant un grognement de frustration. Qu'avait-il espéré ? Lui faire l'amour sur la banquette en cuir ? Alors que leur fils dormait sur l'autre banquette ? Décidément, les années avaient passé mais elle avait toujours le pouvoir de lui faire perdre la tête.

— Qu'est-ce qui t'a pris ? demanda-t-elle.

Ses yeux écarquillés et ses lèvres gonflées par la morsure de son baiser la rendaient infiniment désirable.

— Je voulais te changer les idées. C'est réussi ?

Elle regarda la maison, puis son regard revint vers lui.

— Pendant environ trois secondes, répondit-elle.

Oubliant sa résolution de ne pas précipiter les choses, il s'entendit déclarer :

— Il faudra que je fasse preuve de plus de créativité, alors.

Il était conscient de jouer avec le feu. Il aimait l'idée qu'elle était irrésistiblement attirée par lui, mais il ne devait pas oublier que c'était réciproque.

— Max est épuisé, dit-elle. Il était si excité dans l'avion qu'il a à peine dormi.

Max était d'une curiosité insatiable. Il avait voulu tout savoir du fonctionnement d'un avion. Dimitrios avait répondu avec plaisir aux multiples questions que lui-même se posait quand il avait l'âge de son fils.

— Il est très intelligent, dit-il à voix basse.

— Oui. Son instituteur voulait lui faire sauter une classe, mais j'ai refusé.

— Pourquoi ? La plupart des parents auraient été enchantés par cette opportunité.

— Pas moi. Je sais qu'il est brillant. Il fera de grandes choses quand il sera plus âgé. Mais le développement d'un enfant passe aussi par la sociabilité, et lui faire sauter une classe ou deux pourrait le perturber de ce point de vue. Il est heureux avec les enfants de son âge. Je pensais attendre quelques années avant de reconsidérer la question.

Ils étaient descendus du véhicule et Dimitrios se pencha à l'intérieur pour défaire la ceinture de Max.

— Je vais mettre Max au lit, dit-il en le prenant dans ses bras, puis je te ferai visiter la maison.

La maison de Dimitrios était tout simplement fantastique. Subjuguée par ce qu'elle découvrait en suivant son mari à l'intérieur, Annie perdit le fil de la conversation. Le parti pris architectural était résolument contemporain, avec son audacieux empilement de cubes de béton et de verre. L'intérieur, lui, regorgeait de meubles anciens et d'antiquités asiatiques, en un séduisant contraste avec la modernité du bâtiment.

Tout en admirant ces splendeurs, Annie apercevait en coulisses une armée de domestiques tout de noir vêtus, les femmes avec des tabliers blancs, s'activant en silence.

Il faisait chaud. Beaucoup plus chaud qu'à Sydney. Mais, Dieu merci, la maison était climatisée. La chambre – leur chambre – était à la mesure de la maison, c'est-à-dire immense. Un vaste lit de bois sculpté y trônait. Il y avait aussi un canapé en velours vert pomme. Un grand tapis aux teintes vives recouvrait une partie du parquet et des portes-fenêtres ouvraient sur un balcon.

Le choc de la découverte passé, la curiosité lui revint. Elle se dirigea, Dimitrios sur les talons, vers le balcon. La chaleur humide l'assaillit comme si elle se heurtait à un mur. Les mains sur la rambarde, elle inspira une profonde bouffée d'air tropical et embrassa la vue du regard. D'un côté les célèbres tours du Marina Bay Sands se découpaient sur la silhouette illuminée et hérissée de gratte-ciel de la ville, et de l'autre, c'était l'obscurité la plus totale.

— C'est la baie, dit Dimitrios. Tu la verras mieux demain matin.

En lui indiquant la direction du bras, il l'avait frôlée et, dans l'ambiance sensuelle de la tiédeur tropicale, cet effleurement la troubla. Elle se tourna légèrement vers lui. Il était plus proche qu'elle ne l'avait cru, elle avait à présent les lèvres à quelques centimètres de sa joue à la barbe naissante. L'envie de l'embrasser fut soudain irrésistible.

Presque aussitôt, toutefois, elle recouvra la raison. Certes,

Dimitrios la désirait autant qu'elle le désirait, et depuis qu'il était revenu dans sa vie, elle vivait un conte de fées. Sauf sur un point. Il ne l'aimait pas et tout ceci – les vœux qu'ils avaient prononcés, leurs retrouvailles romantiques – était une fiction. Un mensonge dicté par l'amour, mais par l'amour de Max. Ou de Lewis, mais pas de l'un pour l'autre.

Désenchantée, elle focalisa son attention sur les tours de l'autre côté de l'eau.

— Elles sont vraiment impressionnantes, dit-elle dans un murmure.

S'était-il rapproché, ou prenait-elle ses désirs pour la réalité ? Dans la moiteur de l'air nocturne, elle perçut les effluves de son eau de toilette et son trouble augmenta.

— C'est l'endroit idéal pour les achats de Noël.

Elle fronça les sourcils. Elle imaginait parfaitement le genre de boutiques de luxe que les tours devaient abriter.

— Il fait sombre, mais je vois ton hésitation, madame Papandreo.

Un souffle tiède lui effleura l'oreille et elle eut brusquement envie de reculer d'un pas pour s'appuyer contre son torse athlétique, de sentir la chaleur de son corps viril, ses bras qui l'enlaçaient. Elle avait envie, pour une nuit, de faire comme si leur mariage était une réalité et que la passion qui les poussait l'un vers l'autre plongeait ses racines dans l'amour, et pas seulement dans le désir.

Mais était-elle prête à courir les risques que ce genre de petit jeu comportait ? Dans le doute, elle orienta la conversation vers un sujet moins périlleux.

— Je n'ai pas vu de sapin de Noël dans le salon, dit-elle.

— Noël est dans trois semaines. Mais si tu penses qu'il est temps, j'en ferai livrer un.

— Tu as des décorations ?

— Elles seront livrées avec le sapin.

Elle ne put s'empêcher de sourire.

— Ta vie est vraiment très différente de celle du commun des mortels.

— Est-ce un reproche ? Tu t'en plains ?

— Au contraire, je commence à penser que j'arriverai à m'y habituer.

— On est tellement haut, maman ! J'ai l'impression que je pourrais voler.

— Surtout pas ! s'écria-t-elle, horrifiée, en attrapant Max par le col de son T-shirt.

Dimitrios éclata de rire et se pencha vers elle pour lui murmurer :

— Je ne pense pas qu'il avait réellement l'intention de sauter.

Elle eut un peu honte de sa réaction excessive.

— C'est vraiment très haut, dit-elle pour se justifier.

— Et parfaitement sécurisé.

Il lui donna un coup d'épaule affectueux, puis prit Max par la main.

— Maintenant, fini de donner des frayeurs à sa mère, dit-il avec un clin d'œil à Annie.

Elle regarda un instant le père et le fils s'éloigner main dans la main, avant de profiter plus sereinement de la vue sur le célèbre parc de Gardens by the Bay, avec ses étonnantes structures évoquant des arbres géants s'élançant vers le ciel. Le soleil qui descendait à l'horizon jetait un voile doré sur la ville. Elle savoura l'air, qui était frais à cette hauteur. Quelle journée merveilleuse ils avaient passée ! Max était aux anges.

— Tu viens ? lança Dimitrios. Il est temps de rentrer à la maison.

« À la maison ». Le cœur d'Annie manqua un battement. Quand elle les rejoignit, son mari lui prit la main. Ridiculement émue, elle eut l'impression, tandis qu'ils marchaient ainsi tous les trois, qu'ils étaient une famille comme une autre.

Quand ils arrivèrent finalement chez eux, Dimitrios portait Max ensommeillé dans ses bras. Au départ, le but de la promenade était de découvrir quelques lieux emblématiques de la ville. Puis ils avaient pique-niqué au bord de la mer, avant de passer l'après-midi aux Gardens by the Bay, où ils avaient joué au foot et assisté à un spectacle de magie – à la plus grande joie de Max.

— Il est épuisé, dit Annie.

— Le programme était peut-être un peu chargé…

— Non ! C'était parfait.

Elle n'oublierait jamais le spectacle de Max et son père en train de jouer au foot ensemble. Elle s'émerveillait à chaque instant de l'affection et de la complicité qui s'étaient immédiatement tissées entre eux. Elle ne demandait qu'à revivre souvent de pareils moments.

— Je dois avouer que j'avais une arrière-pensée en vous gardant dehors aussi longtemps.

— C'est quoi une « arrière-pensée » ? demanda Max, à moitié endormi.

Au lieu de répondre, Dimitrios ouvrit la porte d'entrée et recula d'un pas pour inviter Annie à entrer. Le spectacle incroyable la fit s'arrêter sur le seuil.

— Oh ! mon Dieu ! Qu'as-tu fait ? s'exclama-t-elle en se tournant vers son mari.

— Ça te plaît ? demanda-t-il.

À l'expression de Dimitrios, elle comprit que sa réaction lui importait vraiment. Elle masqua l'émotion que cette pensée lui procura derrière un ton de taquinerie.

— Non, je déteste ! répondit-elle, avant d'ajouter en lui lançant une bourrade : C'est incroyable !

Il passa un bras autour de ses épaules et l'attira contre

lui. Dans le décor féerique de guirlandes et de verdure, elle oublia presque que leur mariage reposait sur un mensonge.

Max se frottait les yeux. Comment la maison de son père s'était-elle transformée en grand magasin en l'espace d'une journée ?

— Qu'est-ce qui t'a pris ? demanda-t-elle.

— Tu voulais un arbre de Noël.

— *Un* arbre de Noël ! s'exclama-t-elle en levant l'index. Un arbre qu'on aurait mis dans un coin et devant lequel on se serait réunis le matin de Noël pour ouvrir les cadeaux. Mais ceci… c'est… c'est spectaculaire.

— Tu mérites un Noël spectaculaire, murmura-t-il en lui déposant un baiser sur le bout du nez.

Ce baiser innocent lui fit l'effet d'une caresse hautement érotique et elle dut une nouvelle fois se rappeler à la raison. *Tout ceci est irréel.* Mais comment pouvait-elle s'accrocher à cette pensée au milieu de ce décor époustouflant apparu comme par magie ?

8.

Annie se réveilla en sursaut d'un de ces rêves où Lewis lui racontait des histoires pour l'endormir. Désorientée, elle essaya de se rappeler où elle était. Un parfum d'aiguilles de pin lui chatouilla les narines et, soudain, tout lui revint en mémoire.

Dimitrios. Le mariage. Singapour.

Elle se tourna lentement et son regard tomba sur son mari qui dormait. Aussitôt, les battements de son cœur s'accélérèrent. Sans faire de bruit, elle sortit de la chambre et descendit au niveau inférieur, où se trouvait la cuisine, digne d'un grand restaurant. Après s'être préparé un thé, elle alla s'installer dans l'une de ses pièces préférées, un salon en contrebas qui semblait jaillir de la maison et surplombait le jardin. Elle aimait particulièrement les grands arbres qui formaient un mur dense de verdure devant la baie vitrée et lui donnaient l'impression de vivre perchée dans un nid au milieu d'une forêt tropicale. Elle ouvrit la baie vitrée et prit une profonde inspiration. Il pleuvait. C'était une pluie grisante qui exhalait des parfums de chaleur, d'orage et de papaye.

Elle se recroquevilla dans un coin du canapé en regardant la pluie tomber.

— Il est tôt.

La voix de Dimitrios, un peu rugueuse sous l'effet du

sommeil, la tira de sa rêverie. Il était là, simplement vêtu d'un boxer.

— Je n'arrivais plus à dormir, dit-elle, s'arrachant à la contemplation de ses abdos saillants qui avaient attiré son regard comme un aimant.

Il traversa la pièce et vint s'asseoir de l'autre côté du sofa. Elle garda les yeux obstinément fixés sur le jardin.

— C'est moi qui t'ai réveillé quand je me suis levée ?

— Sans doute. J'ai le sommeil léger.

— Désolée.

— Ne t'inquiète pas, j'aime me lever tôt.

— Aussi tôt que ça ?

— Pas tout le temps. Qu'est-ce qui t'a réveillée ?

— Je fais souvent des rêves, dit-elle en soupirant, qui sont plutôt des souvenirs. Des histoires que Lewis inventait pour m'endormir.

— Quel genre d'histoires ?

Elle esquissa un sourire plein de nostalgie.

— Oh ! ça parle de dragons, de châteaux forts et de grottes enchantées. Des histoires qui m'emmenaient dans un monde très lointain, ou dans une autre galaxie. Il y avait toujours des monstres et j'étais la seule personne qui pouvait sauver le monde. Je regrette qu'il ne les ait pas retranscrites par écrit. Encore que… je serais peut-être la seule à les apprécier.

Dimitrios ne dit rien pendant un long moment, au point qu'elle crut qu'il s'était assoupi.

— Il doit terriblement te manquer, dit-il enfin.

— Oui.

Elle risqua finalement un regard dans sa direction. Il regardait dans le vide, en pianotant pensivement contre son genou.

— Moi aussi, il me manque. C'était mon meilleur ami. J'ai remarqué que Max parlait de son oncle Lewis.

— Oui. Il est enfant unique et ce lien entre frère et sœur est quelque chose qu'il ne connaît pas.

Dimitrios lui caressa les cheveux, avant de reposer la main sur le dossier du canapé comme s'il regrettait ce geste de tendresse.

— Aimerais-tu avoir d'autres enfants ? demanda-t-il.

— J'ai toujours pensé que j'en aurais plus d'un. J'ai adoré être une petite sœur. J'avais quelqu'un à qui confier mes secrets, et Lewis était… un frère génial.

La gorge nouée par l'émotion, elle toussota discrètement avant de demander :

— Et toi ?

— En fait, je n'ai jamais vraiment envisagé d'avoir des enfants, jusqu'à ce que je m'installe ici. Nous venions de lancer notre réseau à Singapour et j'avais l'impression que rien ne pouvait nous résister. Nous avons hérité d'un empire que notre grand-père a créé de toutes pièces et nous avons travaillé dur pour le développer à une échelle internationale. Tout ça pour quoi ? Pour qui ? Sans enfants, à qui tout cela ira-t-il ?

Du bout des doigts, il traça un cercle sur la peau nue de l'épaule d'Annie, et un frisson délicieux la parcourut. Mais il la fit rapidement déchanter.

— Pourtant, ça ne m'a pas fait changer d'avis et j'étais toujours déterminé à ne jamais me marier. Cela doit te paraître étrange, à toi, ma femme. Mais notre mariage est différent. Je ne voulais pas de la pression émotionnelle que représente le mariage. Une femme qui m'aime et qui attend que je l'aime en retour. Car comme tu me l'as fait remarquer, la plupart des mariages sont fondés sur une présomption d'amour.

— Pas le nôtre, en tout cas.

Elle s'étonna du stoïcisme qu'elle parvenait à afficher alors qu'avec ces mots elle renonçait à ses rêves d'enfance.

— De plus, je ne voulais pas élever un enfant comme

j'ai été élevé, sans cesse ballotté entre deux foyers. Mes possibilités étaient donc assez limitées. Puis ce journaliste m'a révélé l'existence de Max et tout s'est mis en place.

— Pourquoi fais-tu ce blocage vis-à-vis du mariage ?

— Ce n'est pas le mariage en lui-même qui me pose problème, mais plutôt l'idée de l'amour. L'exemple de mes parents m'a vacciné. Ma mère aimait mon père alors que lui n'avait que faire d'elle. Pour moi, l'amour a toujours été synonyme de faiblesse et de souffrance.

— Qu'est-ce qui s'est passé entre eux ?

— Rien. C'était une aventure sans lendemain. Elle est tombée enceinte. Il ne voulait pas d'enfants, alors il a continué à vivre sa vie et il l'a laissée élever ses deux fils dans la plus extrême pauvreté… Exactement comme moi je t'ai laissée tomber.

— Ce n'est pas la même chose, toi tu ignorais l'existence de Max.

Il n'était apparemment pas prêt à accepter son absolution.

— Ça ne change rien au fait que tu as élevé Max dans des conditions très difficiles. Mon père ne nous trouvait aucune valeur intrinsèque jusqu'au jour où il s'est marié et qu'il s'est avéré que ma belle-mère ne pouvait pas avoir d'enfants. Elle en voulait désespérément, alors il nous amenés ici, à Singapour. Ma mère était dévastée.

— Comment a-t-il pu lui faire ça ?

— Il ne se préoccupait absolument pas d'elle et de ses sentiments. Pour lui, leur brève liaison ne signifiait rien. Il l'a aussitôt oubliée.

Assaillie par une douleur insoutenable, elle dut détourner le regard. Ces mots auraient parfaitement pu s'appliquer à sa relation avec Dimitrios.

Comme s'il avait suivi le cheminement de ses pensées, il ajouta :

— Ce n'est en rien comparable avec notre relation. J'ai très souvent pensé à toi depuis cette nuit-là, Annabelle.

Comme par enchantement, la douleur se dissipa, cédant la place à l'espoir.

— Oh ?

— Je me vante d'être toujours maître de moi-même. Or cette nuit-là, avec toi, je n'ai rien contrôlé du tout. Alors que j'avais promis à Lewis que je veillerais sur toi, j'ai fait *ça*.

L'espoir qu'elle n'avait pu empêcher d'éclore s'évanouit.

— Ce n'est pas penser à moi. C'est à toi que tu penses, et à ce que tu considères comme une défaillance.

— Non, c'est à toi que je pensais, je me demandais ce qui en toi avait pu me faire perdre la tête. Quel était ce pouvoir que tu exerçais sur moi.

Cette fois, elle fut incapable d'endiguer le bonheur qui la submergea. Il n'y avait pourtant pas de quoi se réjouir. Il n'était pas question de pouvoir ni de victoire. Dimitrios parlait au passé et même si cela n'avait pas été le cas, de toute évidence, quelle que soit la source de ce pouvoir, il faisait tout pour y résister.

— Il s'agissait tout simplement d'un chagrin partagé, dit-elle.

— C'était l'élément déclencheur, je n'en doute pas. Mais tu avais envie de moi bien avant ce soir-là.

Elle rougit violemment à cette allusion à son béguin d'adolescente, et il s'approcha.

— Tu me regardais comme si j'étais Dieu sur Terre, dit-il. Quel homme aurait pu rester de marbre face à une telle admiration ?

— J'étais très jeune, dit-elle dans un murmure. Je n'avais jamais rencontré quelqu'un comme toi.

Il glissa la main sous la bretelle de sa chemise de nuit et commença rêveusement à caresser la peau de son épaule. Se rendait-il compte de ce qu'il faisait ?

— C'était il y a longtemps, dit-il. En sept ans, tu as eu le temps d'acquérir de l'expérience.

Embarrassée par l'aveu qu'elle allait devoir lui faire,

elle gagna du temps en buvant une grande gorgée de thé, puis se lança :

— Je n'ai jamais couché avec un autre homme que toi.

Cet aveu le prit probablement de court, car il tressaillit.

— Mais… comment as-tu tenu aussi longtemps sans sexe ?

Elle rit doucement, mais, en son for intérieur, elle était navrée. De toute évidence, cette idée était une abomination pour lui. Avec combien de femmes avait-il couché pendant tout ce temps ? Elle préférait ne pas le savoir.

— Cette nuit-là… j'avais bu, dit-il. Je ne me souviens même pas si j'ai été aussi prévenant que j'aurais dû. Tout ce que je sais, c'est que c'était ta première fois, et que je ne m'y attendais pas du tout.

— Tu as été… attentif, dit-elle. Même ivre, tu semblais parfaitement savoir ce que tu faisais. Même si peu t'importait avec qui tu étais.

— Je n'aurais jamais dû dire ça.

— C'était pourtant la vérité, non ?

Une grimace crispa son sublime visage masculin.

— J'avais besoin de… de chaleur humaine.

Elle changea légèrement de position pour masquer le trouble où la plongeait sa proximité et le frôlement de sa main masculine sur son bras.

— Et j'étais là, dit-elle.

Il secoua la tête, comme perdu dans ses souvenirs, avant de lever la main pour caresser sa chevelure.

— Tu étais tellement courageuse, aux funérailles. Je te regardais, tu te tenais très droite, tu réconfortais tes parents et tu te montrais forte pour eux.

Sous la caresse de sa voix rauque, une vague de chaleur sensuelle envahit Annie.

— Quand j'y repensais, plus tard, je n'arrêtais pas de me demander ce que tu pouvais ressentir. Qui te réconfortait, toi ?

Elle déglutit. Une émotion étrange lui serra le cœur.

— J'avais promis à Lewis que je veillerais sur toi, mais c'était plus que cela. Je voulais m'assurer que tu allais bien, Annabelle. C'est pour ça que je suis venu chez toi. Mais quand tu as ouvert la porte, je t'ai vue et un désir incontrôlable m'a submergé. J'ai passé les sept dernières années à me reprocher ce moment de faiblesse, mais peut-être que ça n'avait rien à voir avec la faiblesse, ou la force. Peut-être que c'était simplement… naturel.

S'était-il encore rapproché, ou était-elle victime de son imagination ? Ils étaient tout près l'un de l'autre à présent.

— Ça semblait naturel, répondit-elle.

C'était vrai. Jusqu'au matin, quand il l'avait quittée et que la dure réalité lui était tombée dessus.

— Tu es la sœur de Lewis. Tu étais la dernière personne que j'aurais dû aller voir et j'ai commis l'erreur de coucher avec toi. Tu étais vierge et moi, j'étais ivre. Nous avons eu tort.

— Non.

Sa réponse avait jailli comme un cri du cœur. Elle lui posa une main sur le genou.

— Nous n'avons rien fait de mal. Arrête de te torturer à propos de cette nuit. J'aurais pu te repousser, te demander d'attendre. Je savais que tu avais bu et que tu étais aussi bouleversé que moi par la mort de Lewis.

Il s'apprêtait à protester, mais elle posa un doigt sur ses lèvres pour le faire taire.

— Si quelqu'un s'est montré égoïste, c'est moi, poursuivit-elle. J'étais amoureuse de toi depuis des années et je n'aurais pas pu te laisser repartir. J'ai pris ce que tu m'offrais parce que j'en avais besoin. Je voulais que tu sois le premier.

Une lueur brilla dans les profondeurs des yeux gris de Dimitrios.

— Mais tu ne désirais pas tomber enceinte.

Décidément, il voulait absolument endosser tous les torts !

— Non, effectivement. Mais quand j'ai découvert que

je l'étais, j'ai été heureuse, Dimitrios. L'idée de porter ton enfant n'a jamais été un désastre pour moi. Même quand je t'ai vu, au bar, et que j'ai compris que je devrais probablement l'élever seule, je n'ai pas hésité une seconde.

— Comment est-ce possible ?

— J'étais seule au monde. Je n'ai jamais eu beaucoup d'amis et je n'étais pas proche de mes parents. Lewis était... C'était mon univers. Grâce à toi, l'espace d'une nuit, j'ai eu l'impression que tout allait bien se passer pour moi.

Assaillie par le flot de ses souvenirs, elle ne se rendait pas compte qu'elle se dévoilait. Ou éprouvait-elle soudain le besoin de vider son cœur ?

— Je me sentais en parfaite harmonie avec toi et c'est ce dont j'avais besoin à ce moment-là. Ma grossesse a été une sorte de planche de salut qui m'a aidée à tenir bon. Un bébé me reliait au monde extérieur, à toi et à Lewis. Il m'obligeait à être forte.

Il inclina encore un peu la tête ; à présent leurs fronts se touchaient sans qu'elle songe à s'écarter.

— Tu es tellement forte, Annabelle. Tu es la personne la plus forte que je connaisse.

— Je n'ai pas eu le choix, dit-elle en haussant les épaules avec fatalisme.

Le silence s'installa, que seuls troublait le son de leurs respirations entremêlées.

— Je serais venu te chercher plus tôt, si j'avais su. Je t'aurais épargné toutes ces difficultés.

Ces paroles ne la soulagèrent pas. Au contraire, elles lui rappelaient qu'il ne l'avait épousée que par devoir et non par choix.

— Tu n'as vraiment pas eu l'occasion de rencontrer d'autre homme ?

— Je n'en avais ni le temps ni l'envie. Et toi ? demanda-t-elle. Je suppose que ta vie a continué comme avant.

— Grosso modo, oui, admit-il d'un ton légèrement contrit.

— Détends-toi, dit-elle. C'était une seule nuit. Je ne m'attendais pas à ce que tu restes célibataire jusqu'à la fin de tes jours.

Elle rit pour achever de le rassurer, mais sa gaieté sonna faux, même à ses propres oreilles.

— En fait, j'étais plein de regrets.

Cet aveu surprenant la fit tressaillir et elle dut lutter contre les faux espoirs.

— En couchant avec toi j'ai trahi mon meilleur ami. Ensuite, j'ai été impitoyable avec toi. À l'époque, j'étais convaincu d'avoir bien agi. Et puis je voulais t'oublier, dit-il avec un sourire triste.

Elle n'était pas sûre d'avoir compris ce que son aveu impliquait.

— Tu prétends que tu as couché avec d'autres femmes pour m'effacer de ta mémoire ? demanda-t-elle, incrédule.

— Pas consciemment. Et pas de façon aussi cynique. Mais, oui, Annabelle. J'espérais qu'avec le temps je t'oublierais.

Il n'y était pas parvenu. Ne le lui avait-il pas déjà plus ou moins avoué ?

La voix de Dimitrios n'était plus qu'un murmure rauque à présent :

— J'aurais aimé pouvoir te dire autre chose.

— Pourquoi ?

— Parce que tu le mérites.

— Tu ne m'as jamais fait aucune promesse, Dimitrios.

Lorsqu'il se leva, un faible sourire flottait sur ses lèvres. Brusquement privée de la chaleur de son grand corps viril, elle ressentit la distance qui les séparait comme un abîme infranchissable.

— Peut-être que tu as raison, mais je te fais une promesse maintenant, Annabelle. Je ne te ferai plus jamais souffrir. Je ne me laisserai plus dominer par l'attirance que j'éprouve pour toi. Si nous faisons l'amour ensemble, c'est parce que tu auras décidé que c'est bien, pas parce que nos corps ne peuvent pas se contrôler. Et je ferai tout ce qui est en mon pouvoir pour que ce mariage te rende heureuse.

9.

Dans la semaine qui suivit cette nuit où ils avaient échangé des confidences au rythme de la pluie tropicale battant contre les vitres, chaque fois qu'elle croisait le regard de son mari, Annie se sentait rougir. Ce qui ne l'empêcha pas de le regarder à la dérobée dès qu'elle pouvait. Il suffisait qu'elle ferme les yeux pour voir son torse musclé, sa peau bronzée et ses larges épaules. Mais si elle s'autorisait à fantasmer sur lui dans la journée, quand elle se retrouvait le soir dans le même lit que lui, elle n'osait pas le toucher.

Chaque nuit, allongée à moins d'un mètre de Dimitrios, elle se consumait de désir sans oser l'assouvir. C'était bien plus qu'une fièvre sensuelle. Et c'était cela qui la terrifiait.

En fait elle appréciait de plus en plus les multiples facettes de la personnalité de Dimitrios. C'était un père extraordinaire. Le voir avec Max la rendait incroyablement heureuse. Quelque chose s'était déclenché chez son fils dès l'instant où il avait rencontré Dimitrios et leur relation avait un côté facile et naturel, comme s'ils vivaient ensemble depuis toujours. La veille au soir, elle les avait observés jouer aux cartes. Abandonnant le roman qu'elle lisait, elle avait simplement profité du spectacle de son fils en train de jouer à son jeu préféré – et battre son père à plate couture.

Mais ce n'étaient pas que les qualités paternelles de Dimitrios qu'elle appréciait le plus. Chaque fois qu'il avait levé les yeux de son jeu et que leurs regards s'étaient croisés, son cœur avait manqué un battement et une vague de désir désormais familière l'avait submergée.

— Bonjour.

Elle sursauta, surprise. Ainsi, il avait deviné qu'elle était réveillée. Généralement, l'un d'eux se levait avant l'autre, pour éviter d'avoir à bavarder dans le lit, de partager un moment d'intimité conjugale. Une attitude assez ridicule alors qu'ils avaient conçu un enfant ensemble.

Elle se tourna vers lui. Curieusement, elle n'était plus embarrassée qu'il la voie au naturel, sans maquillage, les cheveux en désordre.

— Bonjour, répondit-elle en souriant.

— Tu as des projets pour aujourd'hui ?

Elle avait gardé quelques clients, mais sa charge de travail était nettement moins importante qu'auparavant. Elle en aurait fini avant Noël.

— Pourquoi veux-tu le savoir ?

— Tu te souviens que Francesca emmène Max au stage de foot ?

L'adorable nurse qu'il avait engagée pour s'occuper de Max l'avait inscrit à quelques activités pendant les vacances, dont beaucoup accueillaient des enfants scolarisés dans l'établissement où il irait à la rentrée. Et il commençait déjà à se faire de nouveaux amis. Il s'adaptait vraiment à une vitesse incroyable !

— Oui. Il était impatient que le stage commence.

Elle se troubla devant la lueur sans équivoque qui s'alluma dans les prunelles de Dimitrios. Soudain, la seule chose à laquelle elle pouvait penser était que vingt petits centimètres les séparaient et qu'elle mourait d'envie de les abolir.

— J'ai pensé que nous pourrions en profiter…, dit-il d'une voix traînante.

— Pour quoi faire ? demanda-t-elle, le cœur palpitant d'excitation.

— Pour faire les courses de Noël.

La déception faillit la faire crier de frustration. Qu'avait-elle espéré ? Qu'il lui propose de rester au lit et de faire l'amour toute la journée ? Il lui avait pourtant clairement signifié qu'il attendait qu'elle fasse le premier pas, quand elle serait prête. Pourquoi ne lui avouait-elle pas qu'elle avait envie de lui ? Surtout lorsque, comme en ce moment, il posait doucement une main sur la sienne. Et si elle n'arrivait jamais à rassembler son courage ?

— Je pensais t'accompagner pour t'aider à choisir les cadeaux.

— C'est très gentil, répondit-elle. Mais tu dois avoir mieux à faire… Ne te sens pas obligé de réorganiser ta vie autour de nous.

Il ne dit rien pendant un long moment, puis il se pencha vers elle et plongea son regard dans le sien.

— Je ne me sens pas obligé. Je le veux.

Un sentiment de légèreté l'envahit et elle lui sourit.

— Alors, allons-y !

À quel moment cela s'était-il produit ? Dimitrios avait arrêté de considérer Annie comme la sœur de Lewis pour ne voir que la femme qu'elle était. Et Annabelle Papandreo le fascinait. Il la suivait du regard alors qu'elle arpentait le rayon des jouets, soulevant avec précaution des boîtes sur les étagères, les inspectant sous tous les angles, lisant les notices avant de les remettre à leur place. Il poussait un caddie vide. Si cela n'avait tenu qu'à lui, il serait au moins à moitié plein à présent.

— Quel est ton critère de sélection, exactement ?

Sa poitrine se serra quand elle lui adressa un sourire pétillant de malice.

— C'est compliqué. En fait, je cherche le cadeau parfait.

— Tu veux qu'il n'ait qu'un seul cadeau, mais qu'il soit parfait ?

— Pas nécessairement. Généralement, je lui prends plusieurs cadeaux. Des choses qu'il a réclamées et quelque chose que je choisis, moi. Un livre, ou des balles de tennis. Nous allions au parc pour jouer au tennis le week-end. Il est doué, d'ailleurs.

Le cœur de Dimitrios se gonfla de fierté. Leur fils excellait dans de nombreux domaines. Aux cartes, dans la conversation, à la lecture et sans doute en sport.

— Tu sais que tu peux maintenant lui acheter tout le magasin sans te retrouver à découvert ? demanda-t-il.

— Jamais je ne ferais une chose pareille ! répondit-elle, scandalisée.

Il vint vers elle en souriant, luttant du mieux qu'il pouvait contre son envie de l'embrasser.

— Je sais.

— Je ne veux pas qu'il ait l'impression que sa vie a complètement changé.

Il se retint de rire. Annabelle, cependant, ne s'en priva pas. Il se délecta du tintement de son rire d'autodérision.

— J'ai conscience que ma crainte est ridicule, concéda-t-elle. Regarde où nous vivons. J'ai dû demander à la gouvernante d'arrêter de faire son lit car Max peut très bien le faire tout seul. Je ne veux pas qu'il pense que tout cela est normal.

Il comprit instinctivement ce qui inquiétait Annabelle, et reprit son sérieux. Posant un doigt sous son menton, il lui fit doucement relever la tête.

— Nous sommes mariés maintenant, Annabelle. Rien de tout ceci ne va disparaître.

Ses yeux se mouillèrent d'une émotion suspecte. Il sentit comme un poids peser sur sa poitrine.

— C'est ce que tu dis, mais…

Une larme se forma au bord de sa paupière, qui fit paraître ses cils plus noirs. Il retenait son souffle, suspendu à ses lèvres tandis qu'elle cherchait ses mots.

— Tout le monde est toujours parti, dit-elle dans un souffle.

Elle évitait son regard et il en fut soulagé. Il n'aurait pas voulu qu'elle voie à quel point il était bouleversé. Il comprenait ce qu'elle voulait dire. Lewis était mort. Puis ses parents l'avaient abandonnée. Et enfin, lui-même avait disparu après l'avoir mise enceinte. Elle luttait seule depuis des années pour assurer son bonheur et celui de son fils. Quoi d'étonnant, dans ces conditions, qu'elle redoute que tout s'arrête du jour au lendemain ?

— Je ne te laisserai pas tomber, lui assura-t-il. Et je ne fais jamais de promesses que je ne peux pas tenir.

Elle leva les yeux vers lui. Quand leurs regards se rencontrèrent, une émotion aussi violente qu'inconnue l'ébranla. Il avait envie de la faire sourire, de la rendre vraiment heureuse. C'était la mère de son fils, après tout ; c'était naturel qu'elle lui inspire ce genre de réaction. L'épanouissement de Max passait aussi par le bonheur de sa mère.

— Réfléchis, Annabelle. Pourquoi t'aurais-je demandé de m'épouser si je n'avais pas voulu d'une solution permanente ?

— Je sais. Tu aurais facilement pu m'enlever Max. Je te suis reconnaissante de ne pas l'avoir fait.

— Je ne veux pas de ta gratitude.

Une lueur de défi luisait à présent dans les yeux incroyablement bleus levés vers lui.

— Que veux-tu, alors ?

Grande question… La réponse était plus difficile à formuler qu'il ne l'aurait cru.

— Je veux que Max et toi viviez avec moi ici. Ou n'importe où ailleurs. C'est ce qui me semble… naturel.

« Naturel ». C'était ainsi qu'ils avaient l'un comme l'autre décrit la nuit qu'ils avaient passée ensemble. Ce mot revenait souvent dans leurs conversations.

Elle le repoussa doucement. Son sourire ne montait pas jusqu'à ses yeux, comme si sa réponse ne l'avait pas entièrement satisfaite. Puis elle prit un carton sur une étagère sans même regarder ce que c'était et le déposa dans le chariot.

— Prenons celui-là, dit-elle.

Un sentiment de frustration envahit Dimitrios. Il l'avait déçue. Ce n'était pas la réponse qu'elle attendait. Mais qu'attendait-elle au juste ? Ruminant ces sombres pensées, il la suivit en inspectant les rayonnages de jouets.

Une demi-heure plus tard, Annabelle avait choisi quelques jouets supplémentaires, avec plus d'attention cette fois. On ne pouvait pas dire qu'elle avait fait des folies. Une voiture téléguidée, une locomotive électrique et un maillot de foot.

Dimitrios avait du mal à se retenir d'acheter tout le magasin, car c'était son premier Noël avec Max, mais il était d'accord avec Annabelle. Il était inutile de remplir le monde d'un petit garçon de biens matériels. Max était un gamin extraordinaire. Gentil, généreux, affectueux et heureux ; il n'avait pas besoin de cela pour s'épanouir. Il vivait déjà dans une maison immense avec une armée de domestiques prêts à répondre à ses moindres besoins. Sa « vie normale » était définitivement derrière lui et Dimitrios savait d'expérience que ce changement n'était pas évident à vivre.

— Tu sais, j'ai réfléchi, dit-il alors qu'ils déambulaient dans la galerie commerciale après avoir quitté le magasin de jouets. Maintenant que Max va à l'école et que tu n'as plus besoin de travailler, tu pourrais reprendre tes études. À condition que tu en aies envie, bien sûr.

À en croire son expression surprise, elle n'avait pas envisagé cette possibilité, mais l'idée la séduisait de toute évidence. Quelque chose se passa en lui et son humeur se fit plus légère. Cette perspective aiderait Annabelle à se convaincre du caractère permanent de sa nouvelle vie. Une vie en dehors de lui et de Max. Une vie qui la comblerait intellectuellement.

— Lewis répétait toujours que tu étais la personne la

plus intelligente qu'il connaissait. Et il m'incluait dans la comparaison.

Le compliment lui fit plaisir, elle souriait franchement maintenant. Et le poids qui pesait sur la poitrine de Dimitrios s'allégea.

— Mais je veux attendre que Max s'habitue à sa nouvelle école, dit-elle. Une fois son trimestre fini, si je vois qu'il s'est fait des amis et qu'il va bien, je ne m'en voudrais pas de faire quelque chose pour moi.

— Et tu n'es pas obligée d'étudier le droit. Tu peux t'inscrire où bon te semble.

Elle éclata d'un rire joyeux.

— Tu n'as pas besoin de me faire l'article, Dimitrios ! Je suis d'accord. C'est une bonne idée.

Elle ralentit un peu et l'émotion embua de nouveau ses yeux bleus quand elle lui dit :

— Merci. Je n'y aurais jamais pensé moi-même, et l'idée me plaît beaucoup.

— Ça y est, je peux regarder ?

— Bientôt.

Dimitrios sourit. Ses mains posées sur les yeux d'Annabelle, il la guidait avec précaution à travers la marina.

— Je sens l'odeur salée de l'océan.

— Tu es très perspicace.

— Tu ne vas pas me jeter aux requins, j'espère ?

— Pas tout de suite.

Elle éclata de rire.

— Je suis sérieuse, Dimitrios. Où m'emmènes-tu ?

— On t'a déjà dit que tu étais nulle pour les surprises ?

— J'ai eu suffisamment de surprises pour toute une vie, marmonna-t-elle d'un ton blasé qui le fit sourire.

Il souriait beaucoup depuis la conversation chargée d'émotion de ce matin, quand elle lui avait confié sa peur d'être abandonnée. Ils s'étaient promenés dans les rues commerçantes, où ils s'étaient contentés de faire du lèche-vitrines. Annabelle s'était plusieurs fois montrée choquée par le prix des choses. Il aimait son côté terre à terre et il se demandait si elle changerait peu à peu, maintenant qu'elle avait les moyens de s'offrir tout ce qu'elle voulait. Il l'avait emmenée déjeuner dans l'un de ses restaurants préférés, puis ils s'étaient rendus dans une galerie où Annabelle l'avait impressionné par sa connaissance de l'art contemporain.

L'idée de l'emmener au yacht-club lui était venue brusquement. À quoi bon le nier ? Il reculait le moment de mettre un terme à leur sortie. Ce tête-à-tête était l'occasion de mieux la connaître, voulut-il se convaincre.

— OK, nous y sommes presque.

Parvenu à son anneau, il la fit s'immobiliser devant la poupe de son yacht – le plus grand de la marina –, avant d'ôter lentement les mains de ses yeux, puis de les poser sur ses épaules, où il savoura sa peau tiède.

— Je peux ouvrir les yeux maintenant ?

Il baissa le regard vers elle et une étrange émotion lui noua la gorge. Il s'éclaircit la gorge, de peur que sa voix ne le trahisse.

— Oui, ouvre les yeux, dit-il.

Il avait lâché ses épaules et s'était posté à côté d'elle pour voir sa réaction. Elle examina le yacht un long moment.

— *Le Patricia* ? demanda-t-elle en haussant un sourcil interrogateur.

— C'est le prénom de ma mère.

— Sérieux ?

Son sourire était gentiment taquin. Il lui donna un coup d'épaule affectueux.

— Quoi ? Ce n'est pas assez cool ?

Elle réfléchit quelques instants avant de répondre.

— C'est mignon.

Pourquoi avait-il l'impression qu'elle se retenait d'ajouter quelque chose ? L'idée qu'elle s'empêche d'exprimer ses pensées devant lui lui déplut.

— Tu veux monter à bord ?

Il ne se reconnaissait plus. Depuis quand était-il suspendu à la réponse de quelqu'un ? En temps normal, il l'aurait entraînée à bord sans lui demander son avis. Mais avec Annabelle, il était attentif à ce qu'*elle* voulait.

Il fut incapable d'interpréter le sens du regard qu'elle lui lança avant de déclarer :

— D'accord, mais seulement une minute.

Grisée par la sensation du vent qui faisait voler ses cheveux, Annie s'agrippa au bastingage et contempla Singapour. Elle se sentait légère et libre, et paradoxalement, anxieuse. Elle était trop détendue, elle s'amusait trop. Elle en oubliait presque que cette vie n'était qu'une grande mascarade. Même quand Dimitrios était prévenant et adorable avec elle, qu'il lui donnait l'impression qu'elle était au centre de son univers… C'était pour Max et non pour elle. Il savait que si elle était heureuse, tout coulerait de source. Il faisait donc en sorte qu'elle soit heureuse.

Mais tant qu'elle était consciente de ce qui se passait, tant qu'elle ne se berçait pas d'illusions dangereuses, tout irait bien. Cette pensée la rassura.

— Mon yacht te plaît ?

Perdue dans ses réflexions, elle n'avait pas entendu Dimitrios s'approcher. Elle pivota et découvrit qu'il s'était changé. Il était en maillot de bain et son caleçon turquoise faisait ressortir son hâle. Subjuguée, elle fut incapable de détacher son regard de son torse musclé. Son regard s'attarda sur la toison sombre qui ombrait sa poitrine.

— Oh… Oui, répondit-elle, consciente que sa voix voilée trahissait son trouble.

Il lui sourit, découvrant une rangée de dents blanches. Elle détourna les yeux, mais en vain. L'image du corps sublime de Dimitrios restait imprimée sur sa rétine. Et le sentir si proche accélérait les battements de son cœur.

— Tu vas nager ? demanda-t-elle.

— Seulement si tu viens avec moi.

Elle regarda l'eau sombre. Il faisait chaud, mais l'idée de plonger de l'arrière d'un bateau dans l'océan ne l'attirait pas. Il comprit apparemment la cause de son hésitation, car il toucha son coude, puis sa main descendit en une lente caresse jusqu'à son poignet. Il souleva sa main et la pointa en direction du pont supérieur du yacht.

— Il y a une piscine là-haut, dit-il.

— N'est-il pas temps de rentrer ?

Ils étaient à bord depuis une demi-heure. Elle avait accepté qu'il fasse appareiller « seulement pour voir la ville du large ».

— Max va bien. Il est avec Francesca.

Il avait raison, elle le savait. Tout comme elle savait que sa réticence à rester avec lui n'avait rien à voir avec Max. Elle avait tout simplement de plus en plus de mal à étouffer le désir brûlant que la présence de Dimitrios éveillait en elle.

— Je n'ai pas de maillot.

— Il y en a plein dans la cabine. Viens, je vais te montrer. À moins que tu préfères nager sans rien ?

Sa question narquoise faisait écho aux pensées inavouables qui l'agitaient et elle se troubla. Heureusement, il se méprit sur les causes de son mutisme.

— Détends-toi, Annabelle. Je plaisantais.

Elle aurait voulu lui dire que cela ne la gênait pas qu'il la voie nue, mais une sorte de timidité la retint et elle changea de sujet.

— Comment se fait-il que tu m'appelles Annabelle ?

— Parce que c'est ton nom.

— Mais tout le monde m'appelle Annie.

Il haussa les épaules avec désinvolture.

— Peut-être que je n'aime pas ressembler à tout le monde.

Lui, ressembler à tout le monde ? L'idée était tellement saugrenue qu'elle sourit.

Considérant la conversation close, il traversa le pont et s'engouffra dans une coursive vitrée. Elle lui emboîta le pas. Ils entrèrent dans une cabine qui ressemblait à une chambre d'hôtel de luxe, avec son lit immense ; un grand miroir au cadre de bois clair agrandissait encore l'espace. Un tapis couleur crème couvrait le sol. Le mobilier était de style scandinave. Dimitrios ouvrit une vaste garde-robe. Quand elle vit, à côté des vêtements masculins, plusieurs robes, elle fut envahie par un horrible sentiment de jalousie. À qui appartenaient ces vêtements ? Dimitrios semblait avoir suivi le cheminement de ses pensées.

— J'ai fait livrer ici quelques-unes des tenues que tu avais essayées à Sydney.

Elle s'approcha de la penderie et reconnut les vêtements. Sa jalousie se dissipa et elle eut honte de sa réaction.

— J'aime bien avoir des affaires dans toutes mes résidences, fit-il. Comme ça, je ne suis pas obligé de faire mes valises chaque fois que je veux bouger.

— Combien de maisons as-tu, exactement ? demanda-t-elle.

— Ma résidence principale est à Singapour. Mais j'ai des propriétés un peu partout où nous avons des intérêts. Londres, Madrid, Tokyo, New York, Paris, Dubaï, Sydney.

Le vertige que cette énumération fit naître en Annie s'aggrava quand le bateau se mit à tanguer, comme s'ils venaient de croiser une autre embarcation. Elle aurait perdu l'équilibre si Dimitrios ne s'était pas élancé vers elle, l'empêchant de tomber. Ce n'était pas une tentative de séduction, mais elle n'en fut pas moins troublée par le contact de sa peau tiède. Et soudain, le déclic se produisit ; elle se sentit emportée par une volonté irrésistible. Elle leva les yeux et s'abandonna au désir lancinant, obsédant, qu'elle avait ressenti toute la journée.

Posant les mains sur le torse nu de son compagnon, elle savoura la sensation de ses muscles sous sa paume. Elle baissa les yeux pour le contempler et sa bouche s'assécha.

— Les maillots de bain sont dans un tiroir, dit-il d'un ton bourru.

Elle ne se laissa pas impressionner, car il n'avait pas fait un mouvement pour s'écarter. Au contraire, il se rapprocha même imperceptiblement et elle sentit ses hanches contre les siennes.

Elle avait peur, mais se sentait en même temps téméraire, prête à réclamer ce qu'elle voulait. Sans quitter le regard de Dimitrios, elle ôta lentement son débardeur. Elle vit le moment exact où l'expression de Dimitrios changea. Ses traits se crispèrent et il laissa échapper un soupir de capitulation.

— Tu m'aides à me changer ? murmura-t-elle en laissant le débardeur tomber à terre.

Il baissa les yeux sur ses seins que couvrait un soutien-gorge en dentelle. L'intensité de son regard la brûla.

— Annabelle…

C'était une supplication. Une supplication désespérée.

— Annabelle… Tu ne sais pas ce que tu fais.

Elle croisa les mains derrière son dos. Elle trouva le fermoir de son soutien-gorge et le décrocha.

— Je suis désolée de te contredire, mais je sais parfaitement ce que je fais.

Elle fit tomber le soutien-gorge, qui rejoignit son débardeur. Ses seins, libérés des bonnets de dentelle, jaillirent comme deux fruits mûrs, réclamant l'attention de Dimitrios. Il étouffa un juron.

— Fais-moi l'amour, Dimitrios. Je ne veux plus attendre.

10.

Annabelle constata avec une pointe de satisfaction que sa demande sans détour déstabilisait Dimitrios. C'est lui pourtant qui avait entretenu tout au long de la journée la tension sensuelle à laquelle elle succombait. Mais son hésitation fut de courte durée et, l'instant d'après, il prit avidement possession de ses lèvres.

Lui nouant les bras autour des épaules, elle s'abandonna aux sensations qu'il éveillait en elle et répondit à son baiser avec passion. Il la souleva, elle enroula les jambes autour de sa taille et il l'emporta vers le lit. Plaquée contre la tiédeur de son corps viril, elle se sentait fondre. Une chaleur délicieuse prenait naissance dans le creux de ses cuisses, la pointe de ses seins se dressait. Entre deux baisers, elle murmurait son nom comme une prière.

Il cueillait ses chuchotements sur ses lèvres, et sans cesser de l'embrasser, il lui ôta son pantalon, s'attardant au passage pour caresser ses mollets, puis ses chevilles. En proie à une délicieuse excitation, elle aspirait à une plus grande intimité. En même temps, elle voulait savourer chaque seconde de ce moment merveilleux.

Quand la bouche de Dimitrios prit la relève de ses mains et qu'elle sentit ses lèvres lui effleurer les genoux, elle tressaillit sous le coup de la surprise. Puis elle s'arqua tandis qu'il remontait avec une lenteur délicieuse le long de sa jambe, ponctuant son exploration de baisers brûlants, taquinant du bout de la langue l'intérieur de ses cuisses, puis plus haut. Enfin, il ouvrit ses jambes d'un geste doux et elle s'offrit comme une fleur aux rayons du soleil. Il plaqua la bouche sur le cœur vibrant de sa féminité et l'embrassa avec une telle sensualité qu'elle faillit s'évanouir de plaisir. Dans un bref éclair de lucidité elle constata que la passion qui les avait précipités dans les bras l'un de l'autre, sept ans auparavant, était toujours intacte.

— Tu es si douce, si chaude, murmura-t-il d'une voix rauque qui la fit frissonner.

Il immisça un doigt en elle. Le rythme lancinant de la caresse conjuguée de sa langue et de ses doigts l'entraîna dans un tourbillon de sensations enivrantes. Quand le plaisir la submergea, elle cria son nom. Les soubresauts de son orgasme s'étaient à peine apaisés que déjà il remontait le long de son ventre, y traçant de la langue une ligne de feu. Quand il arriva à ses seins, il happa un bourgeon dressé et lui infligea la plus délicieuse des tortures. En proie à une excitation presque insoutenable, pantelante, elle poussa un cri de frustration quand elle le sentit s'éloigner.

— Ne bouge pas, ordonna-t-il tout contre ses lèvres.

Elle ouvrit les yeux, il était debout.

— Où vas-tu ? demanda-t-elle.

— Je vais chercher un préservatif. À moins que tu n' aies envie de mettre un autre enfant en route dès maintenant ?

La question, si elle ne l'arracha pas au délire sensuel dans lequel elle nageait, la ramena cependant brièvement à la réalité. Un autre enfant ? Une nouvelle chance de vivre la maternité, mais cette fois-ci sans le stress qu'elle avait connu pour Max… La perspective était tentante, mais ce n'était pas une décision à prendre à la légère.

— Non, je ne suis pas prête, répondit-elle.

Il hocha la tête, se dirigea vers une porte qui devait mener à la salle de bains d'où il ressortit presque immédiatement, une guirlande de pochettes métallisées à la main.

Et complètement nu. Elle oublia instantanément l'idée d'un autre enfant. Toute son attention était accaparée par ce corps splendide, sa musculature harmonieuse, sa grâce puissante et… son sexe fièrement dressé.

— Seigneur ! Tu es tellement belle.

Ce cri du cœur la chavira. Sous le regard admiratif de Dimitrios, elle avait soudain l'impression d'être une déesse digne d'être idolâtrée.

— Tu as changé, ajouta-t-il dans un murmure ému. Tes seins sont plus gros.

Du bout des doigts, il effleurait les aréoles d'une caresse aérienne. La passion l'aveuglait… Ses seins n'avaient pas repris leur taille d'avant la naissance de Max, mais sa poitrine était toujours assez menue.

— Tu es magnifique, murmura-t-il en souriant, avant de se pencher vers elle pour l'embrasser jusqu'à ce qu'elle n'ait plus de souffle et que les étoiles scintillent sous ses paupières.

— Je me disais exactement la même chose à propos de toi, dit-elle, en lui attrapant la taille de ses jambes.

Elle sentit plus qu'elle ne vit son sourire contre son épaule. Quand il se redressa, il caressa sa joue. Son regard brillait vivement, comme s'il voulait lui dire quelque chose mais qu'il ne trouvait pas les mots. Se pouvait-il qu'il éprouve des sentiments plus profonds pour elle ?

Elle n'eut cependant pas le temps de s'appesantir sur cette folle espérance. Déjà il lui écartait les jambes et elle sentit son érection contre le cœur palpitant de sa féminité. Une faim primitive la submergea, balayant les doutes et les questions.

— Je t'en prie… Maintenant…, murmura-t-elle dans un souffle.

Elle s'était cambrée pour mieux l'accueillir et poussa un soupir de satisfaction quand il la pénétra. Il commença à se mouvoir en un lancinant va-et-vient, plongeant chaque fois plus profondément en elle, l'entraînant rapidement vers les cimes du plaisir. Elle s'agrippa aux draps et s'abandonna à l'explosion sensuelle qui se propagea dans tout son corps. Ses soupirs de plaisir envahirent la cabine. Les vagues qui faisaient danser le bateau semblaient bien faibles comparées à celles qui secouaient son âme.

De nouveau, il n'attendit pas qu'elle ait complètement repris son souffle. Il la fit rouler avec lui sur le côté et il recommença à faire l'amour. Leurs yeux ne se quittèrent pas une seconde et l'intensité de son regard gris rendait plus encore bouleversante l'intimité de leur étreinte. Une larme d'émotion qu'elle avait été incapable de retenir coula sur sa joue. Il la sécha du bout des lèvres avant de l'embrasser sur la bouche. Son baiser avait le goût salé des larmes. C'était à la fois doux et incroyablement passionné.

Mais une fièvre sensuelle balaya rapidement ce moment de tendresse et il accéléra la cadence souple de ses reins. Cette fois, quand le plaisir la transporta de nouveau au septième ciel, il la rejoignit sur les sommets de l'extase en criant son nom. Leurs propos incohérents, leurs râles de plaisir se mêlèrent à leurs souffles saccadés et emplirent la cabine d'une musique érotique au rythme du balancement hypnotique du bateau.

Elle eut l'impression d'être libérée d'une tension qui l'obsédait depuis sept ans. Une digue avait cédé, des chaînes s'étaient brisées, elle était enfin libre et... à sa place.

Une main posée sur son torse puissant, elle perçut les battements réguliers de son cœur sous sa paume. Elle ferma les yeux et sourit avec un soupir.

Encore engourdie de plaisir, elle sentit une profonde fatigue l'envahir. Elle aurait pu dormir pendant des jours.

Au moment où elle allait sombrer dans le sommeil, la pensée de Max lui fit brusquement reprendre conscience de la réalité. Elle ouvrit les yeux sur Dimitrios qui l'observait.

Ce seul regard suffit à rallumer la passion qu'elle pensait avoir assouvie. Comment était-ce possible ? Ne venait-elle pas de vivre plusieurs orgasmes explosifs ? À la lueur sans équivoque qui dansait dans les prunelles de son amant, elle comprit qu'il n'était pas rassasié non plus.

Elle avait envie d'explorer toutes les façons de lui donner du plaisir. Non, elle voulait plus que cela. Elle voulait le rendre fou de désir, lui faire perdre la tête comme il savait lui faire perdre la sienne. Longtemps sevré de caresses et de plaisir, tout son corps vibrait à présent d'une vie nouvelle qui refusait d'être bridée. De nouveau, la pensée de Max coupa court à son délirant désir.

— Je le regrette, mais je pense que nous devrions rentrer, dit-elle. Max doit nous attendre.

— Il est avec Francesca, dit Dimitrios. Elle le fera dîner et le mettra au lit.

Cette idée la perturbait. Elle n'avait jamais manqué une seule fois le coucher de Max. Mais elle devait reconnaître qu'il n'était pas accroché à ses jupes, et qu'il adorait Francesca.

Pendant six ans, elle avait fait passer les besoins de son fils avant les siens. Oh ! ça n'avait pas été un sacrifice, car son instinct maternel était particulièrement développé. Mais maintenant, allongée à côté de Dimitrios, bercée par le balancement de la houle, elle avait envie d'être égoïste. De penser d'abord à elle, pour une fois.

— Tu penses que notre absence ne le perturbera pas ?

Le sourire de Dimitrios illumina son sublime visage viril.

— Sinon je ne te proposerais pas de rester encore un peu, dit-il.

Parfaitement rassurée à présent, elle ferma les yeux et nicha la tête dans le creux de son épaule.

— Nous pourrons l'appeler plus tard ?

— Bien sûr, répondit-il.

Dimitrios attendit que la sensation de panique qui l'avait foudroyé se dissipe. Annabelle était lovée contre lui et il avait soudain du mal à respirer, comme si le piège qu'il avait évité toute sa vie s'était refermé sur lui.

Il était marié. Il partageait son intimité avec une femme.

Il s'était pourtant juré de ne jamais se retrouver dans cette situation. Il avait couché avec des femmes, certes, mais avant Annabelle, jamais il n'avait passé une nuit entière avec l'une de ses conquêtes. Et encore moins après… Quand il avait compris à quel point il l'avait fait souffrir, il avait pris garde de ne plus jamais laisser de faux espoirs à ses compagnes d'un soir. Il avait tiré une ligne claire et infranchissable entre le sexe et les sentiments.

Mais Annabelle n'était pas une femme comme les autres. C'était sa femme désormais. Et il n'aurait voulu se trouver nulle part ailleurs qu'ici, avec elle. Elle avait laissé sa tête s'alourdir contre son torse, il percevait son souffle régulier. Il allongea lentement le cou pour regarder l'heure à sa montre et sourit. Ils avaient toute la soirée pour eux et il avait bien l'intention d'en profiter au maximum.

— Et voici Annie.

Lewis ébouriffa la chevelure blonde de sa petite sœur, lui arrachant une moue exagérément excédée. Mais quand le regard d'un bleu incroyable de la jeune fille se posa sur Dimitrios et Zach, elle rougit.

— Salut, dit-elle. Ravie de faire votre connaissance.

Zach tendit la main, et elle lui rendit son sourire en la serrant. Mais Dimitrios resta un instant tétanisé. Elle ne ressemblait pas du tout à Lewis, qui avait le teint mat et les cheveux sombres, mais ils avaient les mêmes yeux. À son regard intelligent et son expression futée, il comprit que rien ne devait lui échapper.

— Nous partons pour le week-end, dit Lewis. Maman et papa sont là ?

Le regard d'Annie s'attarda un instant sur Dimitrios, puis elle se tourna vers son frère.

— Papa est à l'étage et maman…

Elle haussa les épaules et laissa sa phrase en suspens.

Dimitrios, qui l'observait attentivement, surprit l'expression contrariée qui traversa brièvement son joli visage. Quelle pouvait être la cause de son tourment ?

Lewis parlait beaucoup plus souvent de sa sœur que de ses parents. En fait, il parlait tout le temps d'elle. Curieusement, Dimitrios l'avait imaginée plus jeune. Sans doute à cause du ton protecteur que prenait son ami lorsqu'il l'évoquait.

Si elle n'était plus une enfant, elle n'était cependant pas tout à fait une femme non plus. Quel âge pouvait-elle avoir ? Quinze ans ? Mais elle allait indéniablement devenir superbe. Pourquoi diable remarquait-il ses courbes naissantes, la douceur de son sourire ? Il devait se ressaisir !

— Il faut qu'on y aille, Lewis.

— OK.

Lewis prit Annie par l'épaule et l'attira contre lui.

— Annie, fais la conversation à ces messieurs pendant que je vais chercher mes affaires.

Zach et Annabelle entamèrent aussitôt une discussion à bâtons rompus à propos de tout et de rien, du lycée qu'elle fréquentait aux études de droit qu'elle envisageait de poursuivre plus tard.

Dimitrios remarqua qu'elle évitait de regarder dans sa direction. Tant mieux. Cela lui donnait l'occasion de l'observer tranquillement.

— Le droit ? Mais c'est horriblement aride et ennuyeux, la taquinait Zach.

— J'aime quand c'est ennuyeux.

Elle éclata de rire, d'un rire merveilleusement rafraîchissant. Quand elle se tourna furtivement vers Dimitrios, son sourire s'évanouit et ses joues rosirent de nouveau. Ce fut très bref, et elle revint à Zach.

— Vous voulez boire quelque chose ? demanda-t-elle à son frère.

Mais d'un geste, elle engloba Dimitrios dans sa question.

— Non, merci. On a des bouteilles d'eau dans la voiture.

— Je veux bien un café, s'entendit-il dire.

Qu'est-ce qui lui avait pris ? Il venait de demander à Lewis de se dépêcher. Pourquoi cherchait-il maintenant un prétexte pour s'attarder ?

— OK. Co… comment le prends-tu ?

Sans doute embarrassée d'avoir balbutié, elle baissa la tête. Un rideau de cheveux blonds masqua partiellement son visage.

— Noir et serré.

Elle se redressa alors et, quand leurs regards s'accrochèrent, quelque chose pétilla entre eux, quelque chose qui lui ouvrit les yeux sur l'étrange comportement de la jeune fille.

Elle avait le béguin pour lui !

Il sourit pour calmer l'évidente nervosité d'Annabelle, mais cela sembla avoir l'effet opposé.

— Je n'en ai pas pour longtemps, dit-elle en s'échappant.

Dimitrios sursauta, remua et jeta de nouveau un regard à sa montre. Dix minutes à peine s'étaient écoulées, mais il s'était endormi et son esprit l'avait entraîné vers des souvenirs qu'il n'avait pas évoqués depuis des années. La première fois qu'il avait rencontré Annabelle, elle lui avait fait une vive impression. Même à cette époque, le charme qui émanait d'elle s'était insinué en lui. Et ce n'était pas simplement dû au fait qu'elle avait eu le coup de foudre pour lui. Le moindre de ses gestes l'avait intrigué et il avait eu envie de s'attarder pour faire sa connaissance. Après cette première rencontre, chaque fois que Lewis parlait d'elle, il tendait l'oreille. Plus particulièrement quand elle avait commencé à sortir avec un garçon de son lycée, plus âgé qu'elle de deux ans. Lewis n'appréciait pas ce petit ami.

— Mais c'est sa vie, avait-il précisé. Et elle a l'air de le trouver génial.

Dimitrios s'était persuadé qu'il en avait terminé avec Annabelle – et elle avec lui. Cependant, il était allé la trouver, le soir des funérailles. À quoi bon le nier ? Il ne voulait pas seulement s'assurer qu'elle allait bien, poussé par la promesse qu'il avait faite à Lewis. Elle était la personne qu'il avait besoin de voir ce soir-là, c'est tout.

Il changea de position pour la contempler, et son cœur se serra.

Quelle que soit la raison qui l'avait conduit chez elle, autrefois, elle méritait mieux. Il ne s'était pas douté qu'elle était vierge. Comment aurait-il pu penser qu'une jeune femme de dix-huit ans n'avait jamais couché avec un homme alors qu'elle avait eu plusieurs petits amis ? Mais à quoi bon se poser ces questions aujourd'hui ? Cela aurait-il changé quelque chose, ce soir-là ? Il n'en savait rien.

Quand il bougea de nouveau, Annabelle s'étira. Son regard endormi le projeta en arrière dans le passé, et dans l'avenir en même temps. Un instant, il fut complètement désorienté.

— Je me suis endormie, dit-elle comme pour s'excuser.

Dans son sourire timide, il retrouva l'image fugace de l'adolescente qu'elle avait été. Mais sa timidité s'évanouit et son regard s'alluma d'une fièvre sans équivoque. Lentement, elle se redressa et après l'avoir repoussé sur le lit, elle s'assit à califourchon sur lui. Il n'eut pas le temps de dire quoi que ce soit que déjà elle s'était penchée vers lui et l'embrassait passionnément. Enivré par la douceur de sa peau féminine contre son corps, par son baiser, il sentit ses pensées et ses souvenirs se dissoudre dans un torrent de sensualité. Il n'y avait plus qu'Annabelle et les émotions incroyables qu'il éprouvait quand il la tenait dans ses bras…

11.

— Je ne veux pas ! s'écria Annie en étouffant un sanglot.

Elle serrait Lewis dans ses bras. Il était tellement maigre que son cœur se brisait.

— Ça n'y changera rien.

Malgré son état de faiblesse extrême, il réussit à lui sourire.

— Écoute Annie, je suis épuisé. Les médicaments m'abrutissent une grande partie de la journée. Je sais que je n'en ai plus pour longtemps.

Devinant qu'il voulait lui dire quelque chose d'important, elle s'assit sur le bord du lit et lui prit la main. En trois mois, le jeune homme robuste et plein de vie avait dépéri, il n'était plus que l'ombre de lui-même.

— Tu es la personne que j'aime le plus au monde, dit-il. Tu es intelligente, généreuse et tellement drôle. Tu vas vivre une vie merveilleuse.

Elle ne put retenir le sanglot qui lui nouait la gorge.

— J'ai besoin que tu fasses quelque chose pour moi, dit-il.

— Je ferai n'importe quoi.

— Vis ta vie. Fais-le pour moi. Souviens-toi toujours combien je suis fier de toi. Je sais que tu accompliras de grandes choses. Tu te souviens des histoires que je te racontais quand tu étais petite, à propos de ce que tu méritais ? Eh bien, ne te contente jamais de moins. Tu es brillante, Annie. Tu mérites ce qu'il y a de mieux.

Le souvenir d'une des dernières conversations qu'elle avait eues avec Lewis avait assailli Annie sans prévenir, au réveil, au lendemain de la soirée merveilleuse qu'elle avait passée avec son mari. Après l'escapade en yacht, il l'avait emmenée dans un club très huppé. Pas plus qu'elle, il ne semblait vouloir que la nuit s'achève. Ils étaient rentrés à la maison au petit matin et là, dans ce grand lit qu'elle considérait à présent comme le leur, ils avaient refait l'amour jusqu'à ce que leurs corps soient repus de plaisir.

Mais le souvenir des recommandations de Lewis lui avait brutalement rappelé que l'intimité incroyable qu'ils avaient partagée ne signifiait rien. Du moins, pas dans le sens où elle l'aurait voulu. Comment avait-elle pu, l'espace de quelques heures, l'oublier ? Elle avait même secrètement espéré que Dimitrios lui avouerait qu'il l'aimait ! Décidément, elle avait perdu la tête ! Les limites qu'ils s'étaient fixées se brouillaient.

Une fois Dimitrios parti travailler, elle n'eut cependant pas le loisir de réfléchir à l'avenir d'un mariage où l'amitié et le sexe avaient leur place, mais pas l'amour. En effet, Max était d'une humeur particulièrement entreprenante et ils décidèrent de partir à la découverte de la ville où ils allaient vivre désormais.

Le chauffeur les déposa dans le centre-ville, où ils firent des courses. Puis ils trouvèrent un parc où Max joua, et enfin ils se rendirent sur un marché où ils déjeunèrent de délicieuses spécialités locales.

Au fur et à mesure que le soir approchait, la nervosité d'Annie grandissait à l'idée de se retrouver face à face avec Dimitrios. Elle devait absolument décider ce qu'elle attendait de lui avant de le revoir. Sinon, ils iraient se coucher, ils feraient l'amour et une routine s'installerait pour le reste de sa vie. Or elle était de moins en moins sûre qu'elle pourrait se contenter de ce qu'il était prêt à lui offrir.

Chaque fois qu'elle regardait Max, cependant, un sentiment de culpabilité l'envahissait. Après l'avoir privé de son père pendant si longtemps, avait-elle le droit de mettre un terme à une situation qui de toute évidence faisait son bonheur à lui ? Tout cela parce qu'elle voulait vivre le grand amour... Elle était pourtant convaincue que leur mariage ne ressemblerait jamais à celui de ses parents. Ne pouvait-elle pas se satisfaire d'un mariage où les époux se traitaient avec respect, même s'ils ne s'aimaient pas ?

À ce stade de ses réflexions, elle s'immobilisa, frappée en pleine rue par une révélation. Dimitrios ne l'aimait pas, c'était vrai, mais elle, elle l'aimait. Ce n'était plus une toquade d'adolescente. Les sentiments qu'elle éprouvait désormais étaient ceux d'une adulte et ils étaient nettement plus dangereux. Oh ! bien sûr, elle était toujours fascinée par sa beauté si virile, mais au-delà de cette puissante attirance physique, c'était l'homme qu'elle avait appris à connaître qu'elle aimait à présent. Il était généreux, attentionné et passionné. Elle avait besoin de lui pour se sentir complète.

— Maman ? Qu'est-ce que tu as ?

Seigneur ! Elle devait se ressaisir pour ne pas l'inquiéter.

— Ce n'est rien, Max, répondit-elle. J'ai chaud.

— Rentrons à la maison, alors. Ou achetons des glaces.

Décidément, il ne perdait pas le nord ! L'opportunisme de la deuxième suggestion réussit à la faire sourire.

— Rentrons plutôt à la maison, dit-elle.

— OK, fit-il en ravalant sa déception. C'est drôle que ce soit notre maison, maintenant.

La culpabilité la rongea de nouveau. Elle n'allait pas quitter Dimitrios. Elle ne pouvait pas faire ça à Max, et tant pis si la situation devenait un peu plus compliquée pour elle. Mais son fils serait-il heureux, si elle-même était malheureuse ? Elle se sentait écartelée.

— Tu te plais ici ? demanda-t-elle de la voix la plus neutre possible pour ne pas l'influencer.

— Oh oui, c'est génial. Les copains du foot sont super,

et l'école a l'air géniale. J'aime aussi notre maison, et la piscine, et ma chambre.

Elle acquiesça de la tête, puis, avec une bonne humeur qu'elle était loin d'éprouver, déclara :

— C'est bien, chéri. Je suis contente que ta nouvelle vie te plaise. Maintenant, où est la voiture ?

Dimitrios tapota machinalement l'écrin qui se trouvait dans sa poche et franchit, un sourire aux lèvres, le seuil de la maison. Il bouillonnait d'impatience. Sa journée s'était étirée avec une lenteur insupportable. Une crise avait éclaté dans la filiale de Hong-Kong. Ce genre d'événement exigeait habituellement qu'il se rende sur place. Mais il avait réussi à tout régler par visioconférences et par mails. Il savait parfaitement pourquoi il avait agi ainsi. Il ne voulait pas quitter Annabelle et Max.

Sa famille.

Max était couché quand il arriva.

— Je suis en retard, dit-il à Annabelle. Je n'ai pas pu partir plus tôt.

Il eut l'impression qu'elle fuyait son regard et cela lui rappela leur première rencontre. Tant de choses avaient changé depuis ce jour lointain…

— Ce n'est pas grave. Max était épuisé. Nous avons beaucoup marché aujourd'hui.

Il réussit à sourire malgré la pointe de jalousie à la pensée que son fils avait exploré la ville sans lui. Il allait devoir réaménager ses horaires pour lui consacrer davantage de son temps.

— Où êtes-vous allés ?

— Un peu partout. Tu as faim ?

Quelque chose dans son ton éveilla son inquiétude. Instinctivement, il voulut effacer cette impression.

— Oui, mais avant de dîner… j'ai quelque chose pour toi.

Il prit la main d'Annabelle, en même temps qu'il sortait l'écrin de sa poche et le lui tendait. La main de la jeune femme tremblait légèrement quand elle souleva le couvercle. La bague scintilla de mille feux sous la lumière du hall d'entrée. C'était un anneau serti de diamants blancs et monté d'un diamant jaune canari gros comme un ongle, taillé en un cercle parfait et maintenu par quatre griffes de platine.

— Mais c'est… Pourquoi l'as-tu achetée ? demanda-t-elle sans lever les yeux vers lui. Pourquoi un tel cadeau ?

Il sortit la bague de l'écrin et la glissa à son doigt. Le bijou brillait de reflets sublimes. Il lui allait parfaitement.

— La nuit dernière m'a paru un commencement. Je voulais marquer le coup.

Le manque d'enthousiasme d'Annabelle l'intriguait. On aurait dit que la bague représentait un fardeau pour elle.

— Merci, dit-elle.

— Elle ne te plaît pas ?

— Ce n'est pas ça… Elle est magnifique. Mais… la nuit dernière…

Il se tendit instinctivement car, quoi qu'elle s'apprête à lui dire, son instinct lui soufflait qu'il n'allait pas aimer cela.

— Il faut que nous parlions…, fit-elle.

Il comprit immédiatement. C'était ce qu'il avait secrètement redouté toute la journée. C'était pour cela qu'il était resté à Singapour, qu'il avait tout fait pour rentrer à la maison. Il s'inquiétait de la réaction d'Annabelle.

Regrets, culpabilité, honte. Les sentiments qu'il avait ressentis après la première fois qu'ils avaient fait l'amour l'assaillirent. À la différence qu'aujourd'hui il avait fait extrêmement attention. Il avait combattu tous ses instincts pour s'assurer que cette fois-ci Annabelle ne souffrirait pas.

Or il avait de toute évidence échoué, car quelque chose la tracassait.

— OK, parlons.

Annie remplit deux verres de vin et en tendit un à Dimitrios. Son mouvement fit scintiller la bague spectaculaire qu'il lui avait offerte. Elle la contempla quelques secondes avant de se diriger vers la table près de la piscine. L'eau turquoise reflétait la végétation luxuriante du jardin. Une haie de bougainvillées formait un mur pourpre d'un côté de la terrasse. Mais ses nerfs à fleur de peau l'empêchaient de profiter de ce cadre enchanteur.

— Alors ? Que voulais-tu me dire ? demanda-t-il.

Elle avala une gorgée de vin pour se donner du courage.

— J'ai besoin de savoir si la nuit dernière a changé quelque chose pour toi, lança-t-elle de but en blanc.

Il darda un regard sombre vers elle, comme s'il redoutait ce qui allait suivre.

— En quoi ?

— La première fois où nous avons couché ensemble, c'était plus que du sexe pour moi. J'étais amoureuse de toi, depuis notre première rencontre.

— C'était une simple toquade d'adolescente.

Il avait parlé d'un ton léger, mais son expression démentait sa désinvolture. Ainsi, il avait su dès le départ ce qu'elle éprouvait pour lui.

— Non, c'était plus que cela, dit-elle. Lewis m'avait parlé de toi. Avant que Zach et toi débarquiez à la maison, je pensais déjà que tu étais quelqu'un d'extraordinaire. Mais le jour où je t'ai rencontré, il y a eu comme un déclic en moi.

— Tu avais quinze ans, lui rappela-t-il avec une pointe de cynisme.

— Oui, et j'ai tout fait pour ne plus penser à toi.

— Tu es même sorti avec d'autres.

— Comment le sais-tu ?

— Lewis y a fait allusion, répondit-il, légèrement sur la défensive.

— En réalité, c'étaient de bons amis, rien de plus. Je n'ai jamais éprouvé de véritables sentiments pour aucun d'entre eux. Des garçons ou des hommes séduisants et intelligents pouvaient me draguer, je ne leur prêtais pas attention. Ça n'a jamais changé.

Elle but une autre gorgée de vin, les yeux perdus au loin tandis que les souvenirs resurgissaient.

— Même après la naissance de Max. J'ai rencontré des hommes. Au parc, au café, dans la rue. Chaque fois qu'on m'invitait à sortir, la réponse était la même. Tu es le seul homme que j'aie jamais voulu, Dimitrios.

Il resta immobile, une expression indéchiffrable sur le visage. Mais au fond de ses prunelles, elle voyait des émotions se bousculer : l'inquiétude, la résistance, l'incrédulité. Sans prononcer un mot, il lui donnait la réponse à la question qu'elle n'avait pas formulée. De toute évidence, il n'appréciait pas du tout ses confidences, mais elle poursuivit pourtant.

— J'étais très en colère contre toi. J'étais furieuse que tu continues de vivre ta vie, avec d'autres femmes, d'autres amis. Visiblement, tu m'avais oubliée. Les années ont passé et j'espérais que mes sentiments pour toi s'étaient éteints.

Pour la première fois depuis le début de sa confession, il but une gorgée de vin. Avait-il besoin de courage pour entendre ce qu'elle avait à lui dire ? Ou pour mieux la repousser ensuite ?

— Je ne peux plus lutter, Dimitrios. Je ne *veux* pas lutter. Je suis toujours amoureuse de toi et après la nuit dernière, je ne peux tout simplement plus le nier. Tout est devenu clair pour moi. Je t'aime.

Un silence lourd d'expectative plana sur eux. Elle attendit, consciente que chaque seconde qui s'écoulait rendait l'attente plus vaine.

— Annabelle…, dit-il dans un soupir.

Puis il se leva, contourna la table et s'y appuya à côté d'elle. Le sentir si proche lui donnait un délicieux vertige.

— Tu es… une mère incroyable et une belle personne. Je te respecte profondément. Et il n'y a personne d'autre que toi avec qui je voudrais être marié, ou élever un enfant. Mais ce mariage n'est pas fondé sur l'amour. Pour notre intérêt commun, il faut que ce soit clair.

Elle acquiesça, mais au fond d'elle-même elle détestait cette réponse, qui allait à l'encontre de ce qu'elle attendait. En cet instant, elle le haïssait et l'aimait avec une force égale.

— Tu as été très clair, dit-elle. Mais maintenant c'est mon tour. Je pensais que j'étais capable de vivre ainsi.

Elle le regarda à travers le brouillard des larmes qu'elle peinait à retenir.

— Le problème, c'est que tu as tout rendu trop parfait, dit-elle.

— Et « trop parfait », c'est mal ?

Du bout des doigts, il essuya une larme sur sa joue et ce contact la fit vaciller. Elle ne pouvait pas accepter sa gentillesse, si elle voulait en finir.

— Ça peut l'être.

Il laissa éclater sa frustration.

— Pourquoi ça ne pourrait pas fonctionner ? demanda-t-il. Tout se passe si bien. Nous nous entendons bien, nous nous amusons ensemble. Nous sommes attirés l'un par l'autre. En quoi est-ce mal ?

Se rendait-il compte qu'en parlant ainsi il étouffait toutes traces de l'espoir qui restait en elle ?

— Tu n'es pas le seul qui a fait une promesse à Lewis avant sa mort, reprit-elle. Moi aussi. Je lui ai promis que je vivrais pleinement ma vie, pour moi et pour lui. Il me disait que je méritais de vivre un conte de fées, une vie longue et heureuse avec mon prince charmant.

Un sanglot étouffa sa voix.

— Et cette situation y ressemble tellement, Dimitrios. Tu es tout ce que j'ai toujours voulu, pour moi et pour Max, mais si tu ne m'aimes pas, alors je ne peux pas… Je ne peux pas faire semblant…

Il la fit se lever et la serra dans ses bras.

— Chut, murmura-t-il en posant les lèvres sur sa chevelure. Je t'en prie, ne pleure pas.

— Je suis désolée, je ne voulais pas pleurer, mais aujourd'hui, ça m'est tombé dessus. Je pensais que c'était une bonne idée d'attendre pour coucher ensemble, mais la nuit dernière, quand nous avons fait l'amour, j'ai su sans l'ombre d'un doute qu'en ce qui me concernait c'était vraiment *faire l'amour*. J'ai su que je t'aimais toujours.

Elle s'interrompit et ôta le diamant jaune de son doigt, avant de le déposer sur la table.

— Je comprends que pour toi aussi ça avait un sens. Mais ce n'était pas de l'amour. Tout ceci…, dit-elle en balayant le jardin et la maison du regard. C'est tellement beau. Grâce à toi, je me suis sentie comme une princesse dans un conte de fées. Ce n'est pas ta faute si j'ai oublié les limites que nous avions fixées. Mais nous sommes tous les deux prisonniers dans cette incroyable cage dorée. Tu n'aurais jamais choisi de vivre avec moi, s'il n'y avait pas eu Max. Tu ne m'aurais jamais choisie. Je sais ce que tu ressens. Tu fais le maximum pour lui, et pour moi, même si ça implique que tu te retrouves coincé dans une vie que tu n'as pas choisie. Et j'en suis désolée. J'aurais voulu pouvoir te donner ce que tu voulais. Un mariage à la hauteur de tout ceci.

— Tu penses que c'est pour me conformer à une conception de mariage idéal que je voulais coucher avec toi ? demanda-t-il d'un ton où elle perçut de l'incrédulité. Bon sang, Annabelle, je te désire ! C'est toujours le même désir insatiable qui m'avait entraîné chez toi il y a sept ans. Tout dans ce mariage peut être factice, mais pas ça.

Elle tressaillit devant cet aveu sans fard du désir qu'elle lui inspirait. Mais cela ne changeait rien.

— Je sais que tu as envie de moi, dit-elle, mais aujourd'hui j'ai compris que je ne pouvais pas me contenter de demi-mesures. Je ne peux pas coucher avec toi s'il n'y a pas d'amour entre nous.

De nouveau, il évita son regard.

— L'amour n'est pas… Ça n'a jamais été un objectif pour moi.

Elle eut un sourire doux-amer.

— Je ne pense pas qu'on recherche l'amour, c'est lui qui nous trouve.

— Je n'y crois pas, c'est tout.

Sa conviction lui causa une douleur presque insupportable et elle recula d'un pas.

— Je t'en prie, porte-la, dit-il en lui rendant la bague qu'elle avait posée sur la table. C'est un cadeau et elle te va parfaitement.

— Elle est magnifique, mais je n'ai pas envie de commémorer la nuit dernière. Je préférerais que nous… en restions à la situation telle qu'elle était, OK ? Oublions que c'est arrivé.

Dimitrios se sentait acculé. Il était néanmoins incapable de dire à Annabelle ce qu'elle voulait entendre : qu'il l'aimait. Il ne pourrait jamais lui mentir à ce sujet, même si c'était pour qu'elle souffre moins. Elle était courageuse et magnifique quand elle assumait ainsi avec panache ses sentiments et ses rêves. Elle voulait – et elle méritait – un mariage de conte de fées et pas l'union au rabais qu'il lui proposait.

Le sentiment de culpabilité lancinant qui l'habitait depuis des années revint en force. Qu'aurait pensé Lewis de la situation dans laquelle il avait entraîné Annabelle ? Seigneur ! Qu'en dirait Zach ?

— C'est un divorce que tu veux ? demanda-t-il finalement.

Quand il eut enfin rassemblé son courage pour la regarder, elle était d'une pâleur à faire peur. Il résista à l'impulsion de la prendre dans ses bras, car il devait respecter les barrières qu'elle érigeait entre eux pour se protéger.

— Et toi ? C'est ce que tu veux ? répondit-elle.

— Non, Annabelle. Je t'ai dit que je ne te quitterais pas et je le pensais. Mais je ne veux pas que tu sois malheureuse pour le restant de tes jours parce que ton sens du devoir te pousse à vivre avec moi.

Visiblement blessée, elle le foudroya du regard.

— Je veux la solution qui sera la meilleure pour Max, dit-elle.

— Moi aussi, mais elle ne doit pas se faire à ton détriment.

Le sourire teinté de détresse qu'elle lui adressa l'anéantit.

— Si je tombe encore davantage amoureuse de toi, ce ne pourra être qu'à mon détriment. Tout ce que je te demande, c'est de me traiter avec la considération que tu aurais pour une étrangère.

Avec la considération qu'il aurait pour une étrangère ? Les yeux perdus au plafond, Dimitrios retournait ces paroles d'Annabelle dans son esprit en luttant contre l'étau qui lui serrait la poitrine. Quarante-huit heures s'étaient écoulées depuis leur conversation et la contrariété qu'il éprouvait n'avait fait que s'amplifier.

En dépit de sa décision, elle partageait toujours sa chambre. « Max le remarquerait », avait-elle dit quand il avait évoqué l'idée d'aller s'installer dans une chambre d'invité.

Tout ceci était pour Max. Ils étaient d'accord sur ce point. Et c'était ainsi qu'ils se retrouvaient comme deux étrangers polis contraints de dormir ensemble, immobiles et prenant garde à ne pas se toucher.

Quant à dormir, c'était un luxe auquel il ne songeait même pas.

Las de chercher le sommeil, il roula sur lui-même. Quand il fit face à Annabelle, quelque chose se noua dans le creux de son estomac. Elle avait les yeux fermés, mais il n'aurait su dire si elle dormait ou pas. Les mêmes pensées la tourmentaient-elles ? La conscience de son corps si proche lui était-elle une torture, comme c'était le cas pour lui ?

Profondément troublé par ses sentiments contradictoires, il sortit du lit. Il enfila une chemise, déterminé à ne pas jeter un regard en arrière avant d'avoir atteint la porte. Alors seulement, il se retourna. Que cherchait-il au juste ? Le regard d'Annabelle ? Qu'espérait-il y lire ?

Mais elle lui présentait obstinément son dos. Elle ne dormait sans doute pas, mais elle s'était refermée sur elle-même et il devait reconnaître qu'il le méritait.

12.

Annie contempla le splendide sapin de plus de trois mètres qui avait été installé dans le grand salon. Quel contraste avec le Noël précédent ! D'où venait alors cette vague de tristesse qui l'envahissait au milieu de toute cette perfection ?

Elle prit conscience que, dans sa vie d'avant, loin de Dimitrios, elle s'était inconsciemment bercée de l'illusion qu'un jour peut-être il l'aimerait. Désormais, il ne lui restait même plus cet espoir. L'amour inspirait à Dimitrios une aversion insurmontable.

Elle avait souffert de son rejet, mais devait reconnaître qu'il avait fait son possible pour la ménager. Il ne l'aimait pas, mais il se souciait d'elle. Ce n'était d'ailleurs pas d'elle en particulier qu'il se souciait, mais des autres en général.

Et il aimait leur fils. Pour Max, elle devait au moins essayer et mettre ses propres sentiments de côté. Leur fils grandirait avec ses deux parents. Mais vivre à côté de Dimitrios, le côtoyer tous les jours risquait d'être au-dessus de ses forces. N'allait-elle pas céder de nouveau à la tentation constante qu'il représentait ?

Elle aurait dû accepter la bague, après tout. Comme un rappel de sa déception et une incitation à garder ses distances.

Annie froissa des aiguilles de sapin entre ses doigts, et porta la main à ses narines. L'odeur de pin lui fit inexplicablement monter les larmes aux yeux. Un an auparavant, l'inquiétude de l'avenir la rongeait, mais son cœur n'était pas aussi lourd qu'aujourd'hui.

— Maman ?

Elle essuya promptement ses larmes avant de se tourner avec un grand sourire vers Max. Son fils venait d'entrer dans le salon, accompagné de Dimitrios. Conformément à leur arrangement, elle accueillit celui-ci d'un regard bref mais bienveillant.

Il était impossible de ne pas voir la complicité et l'affection entre le père et le fils. Ce constat la conforta dans sa décision. Le bonheur de Max valait tous les sacrifices.

— Je me demandais justement où vous étiez passés.

— On est allés faire les courses, annonça Max. Regarde, j'ai un cadeau pour toi.

Il sortit un joli paquet enveloppé de rouge de derrière son dos et son cœur se serra d'émotion.

— C'est une idée de papa. Et d'oncle Zach, ajouta-t-il.

La facilité avec laquelle les deux hommes avaient pris leur place dans la vie de Max était fabuleuse. Un père et un oncle… Il était aux anges.

— En plus, toi tu m'offres toujours quelque chose.

Annie ne pouvait plus continuer à ignorer Dimitrios sans éveiller les soupçons de son fils.

— C'est très gentil à vous, lui dit-elle.

Leurs regards s'accrochèrent et elle eut l'impression qu'il essayait de tirer quelque chose du plus profond d'elle-même. Il lui posait une question muette, mais laquelle ?

— J'espère que ça te plaira, dit Max en déposant le paquet sous le sapin.

— J'en suis sûre.

— Papa a plein d'idées pour aujourd'hui, fit Max. Il dit que nous devrions préparer un pudding. Il n'a pas de recette de famille et je lui ai dit que nous non plus, alors on a décidé que faire un pudding serait notre nouvelle tradition de Noël. Qu'est-ce que tu en penses, maman ?

Annie était perdue. C'était effectivement une idée merveilleuse, un souvenir partagé que leur fils pourrait chérir. Mais elle n'avait pas prévu que jouer la comédie de la famille parfaite lui serait aussi difficile. Pourtant, c'était la vie qu'elle avait choisie.

— C'est génial ! répondit-elle avec un enthousiasme feint. Je dois vite envoyer un mail, mais après je viendrai vous aider.

Ce mail urgent n'existait pas, mais elle avait besoin de quelques instants de solitude. Elle devait s'armer de courage pour participer à cette joyeuse activité familiale.

— Maman travaille beaucoup, entendit-elle Max confier à son père alors qu'elle quittait la pièce.

— Ah bon ? dit Dimitrios.

— Oui, elle est obligée, répondit Max en soupirant. Elle veut toujours m'acheter des choses. Alors elle travaille beaucoup, pour gagner de l'argent. Comme ça, j'ai des nouvelles chaussures quand j'en ai besoin.

Il baissa les yeux sur ses pieds avant d'ajouter :

— Mes pieds grandissent vraiment, vraiment vite.

Oubliant ses préoccupations, Dimitrios sourit au ton contrit du garçonnet. Mais celui-ci n'en avait apparemment pas fini.

— Je préférerais qu'elle ne travaille pas autant, reprit-il.

— Pourquoi ?

Ils étaient arrivés dans la cuisine et, tout en bavardant, Dimitrios avait commencé à sortir des placards les ingrédients nécessaires à la confection d'un pudding de Noël. Max prenait le sachet de farine, les raisins secs, le beurre et les emportait sur le plan de travail.

— Parce qu'elle est tout le temps fatiguée.

Dimitrios reçut cette information comme un reproche personnel. Comment avait-il pu à ce point négliger ses responsabilités ?

— Et moi je fais du bruit, et j'aime courir. Et j'aime

aller au parc, mais je ne veux pas toujours demander à maman parce que je sais qu'elle est fatiguée et que si je lui demande, elle va me dire oui.

— Tu es très prévenant, Max.

— Merci.

Dimitrios déglutit. Il avait manqué tant de choses. Il avait manqué une grande partie de la vie de Max et il n'avait pas été là pour soutenir Annabelle dans ses moments de fatigue, ou pour partager ses moments de joie, ses larmes, ses plaisirs.

— Il nous faut des tabliers, non ? dit Max. Ils ont toujours des tabliers à la télé.

— Je sais qu'il y en a quelque part, tu peux les chercher ?

Max ouvrit plusieurs placards et, quelques instants plus tard, exhiba les tabliers.

— Il n'y en a que deux, dit-il.

— Ce n'est pas grave, je m'en passerai.

— Tu peux m'aider à faire le nœud ?

Après avoir plié le tablier en deux pour l'adapter à la taille de Max, il le lui noua dans le dos. Ils avaient pratiquement fini de peser tous les ingrédients quand Annabelle apparut sur le seuil de la cuisine. Elle avait attaché ses cheveux en queue-de-cheval. Ses doigts le démangèrent de les libérer et de plonger dans leur masse soyeuse.

— On t'a gardé un tablier, maman.

Elle se figea et Dimitrios comprit l'épreuve que la situation représentait pour elle. Pourquoi avait-il proposé cette idée d'instaurer une tradition familiale ? En prolongeant l'illusion d'une famille unie, il lui rappelait que leur mariage n'était qu'une mascarade. Il aurait au moins dû lui laisser le temps de se remettre de sa déception.

Mais quelle autre solution avaient-ils ? Ils étaient tous les deux pris au piège de ce mariage, pris au piège de leur amour pour Max.

— Merci chéri, dit-elle. Vous avez l'air de bien vous débrouiller sans moi, je vais d'abord me préparer un thé.

Max était apparemment imperméable à la tension qui régnait entre ses parents.

— Vous savez ce qu'il nous manque ? s'exclama-t-il joyeusement. Des chants de Noël.

— Excellente idée ! dit Annabelle.

Elle sortit son smartphone et sélectionna une musique de Noël sur un arrangement jazz. Une merveilleuse ambiance nostalgique envahit la cuisine.

Dimitrios, assisté de Max, prépara le pudding en suivant à la lettre les instructions de la recette qu'affichait son téléphone. Annabelle prenait bien garde de se tenir à distance de lui.

Ce fut l'une des journées les plus longues de son existence. Annabelle et lui faisaient leur possible pour qu'elle soit mémorable pour Max. Ils passèrent donc le reste de la journée en famille. Être proche d'Annabelle sans pouvoir la toucher, ou essayer de la faire sourire, confinait à la torture.

Quand Max fut finalement endormi, il ne put cependant se résoudre à laisser Annabelle terminer la soirée seule. Il la trouva dans le salon, devant le sapin de Noël, assise en tailleur sur le tapis, un verre de vin à la main. Elle avait pris une douche et portait une tenue décontractée. Elle s'était démaquillée et ses cheveux blonds retombaient librement sur ses épaules. Son estomac se noua sous l'effet d'une sensation devenue familière. Et une question s'imposa à lui : Pourquoi prétendait-il qu'il était incapable d'aimer ?

Il aimait Max. Cet amour avait été facile et instantané. Un regard avait suffi pour qu'il comprenne que Max ferait partie de lui pour toujours. Mais qu'en était-il d'Annabelle ?

Soudain, tout se figea en lui. Son cœur s'arrêta de battre, ses poumons de respirer. La terre elle-même semblait s'être arrêtée de tourner.

— Annie…

Pour la première fois, il l'appelait par son diminutif. Elle tourna la tête vers lui et il surprit l'expression de ses grands yeux bleus avant qu'elle puisse la masquer. C'était un regard de souffrance et de désespoir.

La foudre frappant à ses pieds n'aurait pas eu un effet plus dévastateur sur lui. Ce fut comme une révélation. Il contemplait Annie et il sut qu'il ferait *n'importe quoi* pour la rendre heureuse. Pas parce qu'elle méritait d'être heureuse, mais parce que, soudain, son bonheur était la chose la plus importante au monde pour lui. Parce que si elle n'était pas heureuse, lui-même ne pourrait jamais l'être. Insidieusement, au fil des jours, elle avait fini par représenter son univers et, convaincu que l'amour et le mariage n'étaient pas pour lui, il n'avait pas compris ce qu'il ressentait.

Soudain, les réactions étranges de son corps, l'émotion qui l'étreignait… tout s'expliquait.

— Max a passé une bonne journée, dit-il d'une voix douce.

Il s'assit à côté d'elle sur le tapis et la sentit se crisper. Seigneur ! S'il n'avait pas été aussi entêté, il lui aurait épargné bien des tourments ! Comment avait-il pu passer à côté de quelque chose d'aussi évident ?

— Il était ravi, dit-elle.

— Et toi ?

— Du moment qu'il est heureux, je le suis aussi.

N'y tenant plus, il leva la main vers son visage adorable et lui caressa doucement la joue. Elle inclina la tête contre sa paume, avant de se redresser en sursaut. Dans sa brusquerie, elle faillit renverser son verre de vin sur le tapis. Ce fut Dimitrios qui le rattrapa de justesse.

— Je te dois une explication, dit-il. Je ne pense pas t'avoir dit combien l'attitude de mon père m'a affecté. Pas plus que je ne t'ai expliqué combien l'exemple de ma mère – que l'amour pour mon père a failli anéantir – a conditionné mon rapport à l'amour. J'avais tous les jours devant moi la preuve du pouvoir néfaste de l'amour. Cela a forgé ma personnalité. Je n'avais même pas de regrets, puisque je n'ai jamais pensé que je passais à côté de quelque chose.

Visiblement désarçonnée par ses confidences, elle le dévisageait, les yeux écarquillés. Il perçut le mouvement qu'elle fit pour se lever, pour fuir cette conversation. Il posa la main sur son genou pour l'en dissuader.

— Écoute-moi, dit-il. Je ne serai pas long.

— Continue, dit-elle à contrecœur.

— Tu te souviens de la première fois où nous nous sommes rencontrés ?

Elle se contenta d'acquiescer d'un hochement de tête sec.

— Je t'ai trouvée…

— Inutile de me mentir, l'avertit-elle.

— Je ne mens pas. Je t'ai trouvée fascinante. Après, je me surprenais à penser à toi tout le temps. Chaque fois que Lewis parlait de toi – c'est-à-dire tout le temps, il était tellement fier de toi, Annie –, j'écoutais de toutes les fibres de mon corps. J'ai été soulagé quand il m'a appris que tu avais un petit ami, parce que je pensais que cette emprise étrange que tu avais sur moi n'y survivrait pas. Mais je me suis trompé. Tu continuais à m'obséder ; alors j'ai tout fait pour t'éviter. Chaque fois que tu étais avec Lewis, je disparaissais. J'ai réussi à contrôler les réactions que tu provoquais en moi en ne te voyant jamais.

À présent, elle ne faisait plus mine de s'en aller. Les yeux fixés sur le sapin dont les guirlandes projetaient des reflets dorés et argentés sur son visage, elle l'écoutait.

— Après ses funérailles, j'ai eu un moment de faiblesse, pour la première fois de ma vie. J'ai suivi mon instinct. Ça n'a jamais été seulement du sexe pour moi, Annie. Et ça n'aurait pas pu être n'importe quelle autre femme. J'avais besoin de *toi* ce soir-là. Toi seule pouvais comprendre et apaiser le chagrin qui me dévastait. J'avais besoin de *toi.*

« Tu étais si belle et si innocente – encore plus belle

que je ne l'avais imaginé. Inconsciemment, j'ai su que tu étais la seule femme qui pouvait me faire oublier que je haïssais l'idée du mariage et de l'amour. Tu devenais trop dangereuse et je n'ai pas eu le courage de prendre le risque. J'étais lâche. Un idiot et un égoïste lâche. Je me répétais qu'en te repoussant je ne faisais que te protéger, alors que c'est moi que je protégeais en réalité. »

Elle se tourna alors vers lui et ce fut de la bienveillance qu'il lut dans ses yeux magnifiques. Une bienveillance qu'il ne méritait pas.

— J'ai passé sept ans à essayer de t'oublier. Et crois-moi quand je te dis que c'était un effort de chaque instant. Car je ne pouvais pas m'empêcher de penser tout le temps à toi. Tu es la seule personne qui ait ce pouvoir sur moi et j'ai finalement compris pourquoi.

Il vit la question se former sur ses lèvres plutôt qu'il ne l'entendit.

— Pourquoi ? chuchota-t-elle.

— Je t'aime, dit-il simplement. Je t'aimais déjà avant de te rencontrer, mais à partir de ce jour-là, tu as fait partie de mon âme. Tu es comme la moitié qui me manque pour me sentir entier, et j'ai lutté contre ça, mais je ne veux plus lutter.

Elle laissa échapper un petit cri.

— Je ne compte pas t'enlever Max, si c'est ce qui t'inquiète, dit-elle d'une voix calme.

— Ça n'a rien à voir avec lui, répondit-il en effleurant sa lèvre du bout du doigt. Ça n'a jamais été uniquement pour Max. J'aurais pu déménager à Sydney et partager la garde de notre fils avec toi. Mais je veux vivre avec ma famille – la femme que j'aime et l'enfant né de cet amour. Je veux que nous soyons ensemble parce que c'est naturel. Je veux que tu aies enfin le dénouement heureux que Lewis te prédisait. Ce n'est pas mon sentiment de culpabilité qui parle, Annie, c'est l'espoir. L'espoir que tu pourras me pardonner un jour pour les souffrances que tu as traversées à cause de mon aveuglement. Je n'ai probablement pas le droit de nourrir cet espoir, mais j'espère que tu t'autoriseras à m'aimer sans crainte, sans souffrance.

Elle le regardait, et chaque seconde qui passait était comme un poids supplémentaire qui pesait sur sa poitrine.

— Je me suis convaincu que je t'épousais pour Max, mais ces derniers jours j'ai compris que c'était un mensonge. Parce qu'il est ici, chez moi, exactement où je voulais qu'il soit, mais toi tu m'évites et tu es malheureuse, alors je ne peux pas être heureux. Je ne veux pas seulement Max, je te veux aussi, Annie. Tous les deux, vous faites partie de moi.

À présent elle avait les yeux brillants de larmes. Déstabilisé par son silence, par son expression indéchiffrable, il se demandait comment la convaincre de sa sincérité.

— Je t'aime, répéta-t-il d'un ton passionné. De tout mon être. Pas pour Max, pas pour Lewis, mais pour toi, Annabelle Papandreo.

— Dimitrios…

— Tu n'as pas besoin de me donner ta réponse ce soir. À cause de mon obstination, nous avons perdu sept ans. Je peux attendre encore un peu. Mais je te demande de réfléchir à ce que tu veux. Et je voulais que tu saches ce que je ressens pour toi.

Elle ferma les yeux et il y vit un mauvais présage. Il voulait lire en elle, lire ses pensées, comprendre ses émotions. Mais quand elle les rouvrit, elle souriait.

— Je ne te laisserai pas tomber, dit-elle.

Elle venait de répéter les mots qu'il avait lui-même prononcés et le cœur de Dimitrios manqua un battement.

— Que veux-tu dire par là ? demanda-t-il.

Elle rit doucement, avant de renverser la tête en arrière.

— Je t'aime, s'exclama-t-elle avec un haussement d'épaules. Et on dirait que tu m'aimes aussi – beaucoup même – alors j'ai l'impression de vivre un miracle de Noël.

Elle se pencha vers lui et effleura ses lèvres d'un baiser aérien.

— Tout est tellement parfait…, murmura-t-elle contre sa bouche. Et le plus merveilleux, c'est que c'est réel.

— Et je te promets que nous vivrons heureux jusqu'à la fin des temps, répondit-il en l'embrassant à son tour.

— Je te crois.

Annie sourit quand Dimitrios entra dans la chambre. Le jour de Noël touchait à sa fin et cela avait été la journée la plus merveilleuse qu'elle ait jamais vécue. Max avait adoré ses cadeaux. Elle-même avait adoré le cadre avec une photo de Max sur ses épaules ; le pudding qu'ils avaient confectionné la veille avait constitué la cerise sur le gâteau, une tradition délicieuse à renouveler à l'occasion de chaque Noël à venir.

Quand elle avait chuchoté à l'oreille de Dimitrios qu'elle n'avait pas de cadeau pour lui, les yeux de son mari avaient brillé et il lui avait susurré à son tour :

— C'est toi, le cadeau que j'ai demandé au Père Noël, madame Papandreo.

Mais l'expression qu'il arborait à présent la fit se redresser et elle posa son verre de lait de poule sur la table.

— Que se passe-t-il ? demanda-t-elle, intriguée.

— Rien de grave, je pense. Je viens simplement d'avoir une conversation très étrange avec Zach. Il arrive.

— Maintenant ? Mais il est 23 heures !

Dimitrios éclata de rire.

— Pour Zach, c'est le moment où la soirée commence.

— C'est vrai, dit-elle. Quoi qu'il en soit, ce sera agréable de le voir.

— Mais je prie pour qu'il ne reste pas trop longtemps, dit Dimitrios avec un sourire malicieux. J'ai des projets pour toi, mon amour.

Il appuya sa remarque d'un léger baiser.

— Et j'espère qu'ils nous occuperont toute la nuit, fit-il.

— Toute la nuit seulement ? Pourquoi pas plutôt toute la vie ?

Retrouvez prochainement,
dans votre collection

AZUR

Un roi pour patron, de Millie Adams - N°4411
Rien ni personne ne résiste au roi Matteo de la Cruz. Aussi est-il stupéfait quand Livia, sa parfaite assistante dont il ne sait plus se passer, refuse sa demande en mariage. Certes, il ne s'agirait entre eux que d'un arrangement dénué de sentiments mais Livia, qu'il a autrefois sortie du ruisseau, n'en tirerait que des avantages… Or, alors qu'il essaye de la faire revenir à la raison, Livia pousse l'affront jusqu'à lui présenter sa démission. Un rejet que Matteo n'est pas prêt à accepter. Bientôt, son assistante sera sa reine !

Un secret à Noël, de Sharon Kendrick - N°4412
Embauchée comme serveuse à l'occasion d'un gala de Noël, Hollie tombe sous le charme de Maximo Diaz, un irrésistible milliardaire espagnol. Aussi, quand celui-ci l'invite à partager une nuit avec lui – une seule ! –, cède-t-elle à la tentation, tout en sachant que cet homme restera à jamais hors d'atteinte. Mais voilà que peu de temps après cette parenthèse passionnée Hollie se découvre enceinte. Désormais, elle n'a d'autre choix que de se rendre au château de l'homme solitaire et envoûtant qui lui a fait perdre la raison, pour lui révéler qu'il sera bientôt père…

Le retour de Duarte Avelar, d'Amanda Cinelli - N°4413
Duarte a vécu l'enfer. Revenu d'entre les morts, il s'est battu pour rentrer chez lui, alors que tous le croyaient disparu à jamais. Pressé de renouer avec la vie qui lui a été arrachée – celle d'un milliardaire à qui tout réussit –, il doit d'abord recouvrer la mémoire. Or la clé de ses souvenirs pourrait bien être une jeune femme qui hante ses nuits. Sitôt qu'il l'a identifiée, Duarte se précipite donc à Rio pour trouver Nora Beckett, sans savoir quel lien existe entre eux. Et c'est avec stupeur qu'il découvre que la belle attend un enfant de lui !

Une reine à New York, de Natalie Anderson - N°4414
Prendre la place de sa jumelle. Au départ, l'idée paraissait séduisante à la reine Jade. Quitter son palais de Monrova – et ses devoirs – pour passer Noël à New York lui semblait même le comble de l'audace. Seulement voilà, avant de pouvoir profiter de sa liberté, elle doit affronter Alvaro Byrne, le patron de sa sœur. Saura-t-elle convaincre cet homme exigeant et autoritaire qu'elle est sa précieuse collaboratrice ? Surtout, parviendra-t-elle à ignorer le désir qu'il fait naître en elle pour jouer son rôle ?

Séduction au palazzo, de Julia James - N°4415

Jenna retient son souffle, tandis qu'elle pénètre dans le *palazzo* du signor Evandro Rocceforte. C'est là, au cœur de la campagne piémontaise, qu'elle vivra quelques semaines en tant que tutrice de la petite Amélie, la fille du maître des lieux. Si cette perspective la réjouit de prime abord, Jenna ne tarde pas à prendre peur. En effet, la cohabitation avec son mystérieux patron pourrait s'avérer plus difficile que prévu, si elle en croit la passion qui brûle aussitôt entre eux, intense et interdite...

L'hiver d'une princesse, de Leah Ashton - N°4416

Alors qu'elle s'apprête à épouser un homme qu'elle n'aime pas, Ana, princesse de Vela Alda, prend la fuite. Persuadée d'avoir fait le bon choix, elle doit toutefois trouver un refuge, et vite. Et c'est chez Rhys North, un expert en sécurité ami de son frère, qu'elle pose ses bagages. Auprès de cet homme protecteur, elle espère échapper au scandale provoqué par ses noces interrompues. Mais c'est une tout autre rumeur qui menace bientôt sa fragile sérénité. Conquise par Rhys, Ana entame une liaison avec lui – et se retrouve enceinte...

Une promesse à honorer, de Jessica Gilmore - N°4417

Sous le choc, Amber aperçoit dans la foule le prince Tristano Ragrazzi. Loin d'être un inconnu pour elle, cet homme est l'incarnation de l'existence dorée mais dénuée de liberté qu'elle a fuie huit ans auparavant. Promise autrefois à Tristano, elle a en effet brisé leur mariage arrangé sans un mot, pour se fondre dans l'anonymat. Impossible aujourd'hui de renier plus longtemps son titre de princesse et les responsabilités qui lui incombent, car Tristano exige qu'elle rentre avec lui au palais d'Elsornia et qu'enfin elle l'épouse !

Des jumeaux pour un milliardaire,
de Lynne Graham - N°4418

SÉRIE : *LES MARIÉES DE NOËL* - 2/2

Amy accueille toujours Noël avec joie – sans doute parce qu'elle a été privée de fêtes toute son enfance. Mais cette année son bonheur est à son comble. Depuis sa rencontre avec Sevastiano Cantarelli, elle se sent pousser des ailes... au point qu'elle finit par s'abandonner à la passion entre ses bras. Un moment d'égarement qu'elle ne tarde pas à regretter, hélas ! Car tout en prenant conscience que Sevastiano ne partagera jamais ses sentiments Amy découvre qu'elle attend des jumeaux de lui...

Son ennemi pour amant, de Kate Summer - N°4419

SÉRIE : *LES TSARAKIS* - 3/3

Se venger de l'homme à cause duquel il a perdu sa famille et l'atteindre dans ce qu'il a de plus cher, c'est le seul objectif de Theo Tsarakis. Pourtant, quand il rencontre la belle-fille de son ennemi pour lui annoncer que le contrat qui aurait pu lancer sa carrière de jeune photographe est annulé, il se sent étrangement déstabilisé. Juliet est belle, pleine de charme, terriblement séduisante... Devant son regard innocent, Theo se sent soudain incapable de s'en prendre à elle. Avant de trouver la solution à son dilemme : il fera de Juliet sa maîtresse, avant de la quitter en lui révélant qui est réellement ce beau-père qu'elle adore...

Un trône pour Noël, de Nina Milne - N°4420

SÉRIE : *NOËL ROYAL À CASAVALLE* - 3/3

Gabriella vient tout juste de découvrir qu'elle est une princesse, l'héritière du trône de Casavalle. Et elle a les plus grandes difficultés à s'adapter à son nouveau statut royal. Alors qu'un soir d'hiver elle cherche à oublier son devoir le temps d'une chevauchée, elle rencontre un sublime inconnu qui fait aussitôt battre son cœur. Quelle n'est pas sa surprise d'apprendre bientôt que celui qui l'a conquise d'un seul regard n'est autre que le prince Cesar d'Aguilarez, à qui sa famille la destine ! Gabriella n'a aucune envie de contracter une union de convenance, mais se pourrait-il que devoir et désir se mêlent pour transformer ces noces arrangées en un mariage d'amour ?

À la merci de Dario Olivero,
de Kate Walker - N°4421

Afin de décourager un prétendant trop insistant, Alyse a mis au point un plan parfait : elle va séduire un inconnu à la soirée de gala à laquelle elle est invitée. Un plan parfait, vraiment ? En théorie seulement. Car, sous les baisers brûlants de Dario Olivero, cet Italien plus époustouflant que tous les princes de contes de fées, elle se sent happée par la passion. Frappée par un véritable coup de foudre ! Et elle, d'habitude si sage, se laisse surprendre dans une position compromettante par son amoureux éconduit... Désormais, la voilà seule, fuyant dans la nuit. Car son prétendant lui a annoncé qu'il n'hésiterait pas, pour laver cet affront, à se venger d'elle et de sa famille...